uma noite e nada mais

Universo dos Livros Editora Ltda.
Rua do Bosque, 1589 – Bloco 2 – Conj. 603/606
CEP 01136-001 – Barra Funda – São Paulo/SP
Telefone/Fax: (11) 3392-3336
www.universodoslivros.com.br
e-mail: editor@universodoslivros.com.br
Siga-nos no Twitter: @univdoslivros

WHITNEY G.

uma noite e nada mais

São Paulo
2015

UNIVERSO DOS LIVROS

Diretor editorial: **Luis Matos**
Editora-chefe: **Marcia Batista**
Assistentes editoriais: **Aline Graça, Letícia Nakamura e Rodolfo Santana**
Tradução: **Luís Protásio**
Preparação: **Sandra Scapin**
Revisão: **Guilherme Summa e Geisa Oliveira**
Arte e adaptação de capa: **Francine C. Silva e Valdinei Gomes**

Dados Internacionais de Catalogação na Publicação (CIP)
Angélica Ilacqua CRB-8/7057

W689n
Williams, Whitney Gracia
Uma noite e nada mais/Whitney Gracia Williams; tradução de Luís Protásio. — São Paulo: Universo dos Livros, 2015.
128 p. (Reasonable Doubt, v. 1)

ISBN: 978-85-7930-859-8
Título original: *Reasonable Doubt*

1. Literatura norte-americana 2. Ficção 3. Literatura erótica I. Título II. Protásio, Luís

15-0496 CDD 813.6

Prólogo

Andrew

A cidade de Nova York não passa de um terreno baldio cheio de merda, uma grande lixeira onde os fracassados são forçados a abandonar todos os sonhos dilacerados, deixá-los para trás para seguir em frente. As luzes intermitentes que reluziam anos atrás perderam seu esplendor, e aquela sensação de novidade e frescor que certa vez permeara o ar, aquela *esperança*, há muito desaparecera.

Cada um que algum dia considerei amigo é agora inimigo, e a palavra "confiança" foi cortada do meu vocabulário. Meu nome e minha reputação estão maculados graças à imprensa, e depois de ler a manchete que o *The New York Times* publicou esta manhã, decidi que esta será a última noite que passarei aqui.

Não consigo mais lidar com os suores gelados e os pesadelos que me arrancam do sono todas as noites, e por mais que eu tente fingir que meu coração não tenha sido aniquilado, duvido que a dor agonizante que sinto agora no fundo do peito algum dia desapareça.

Para dizer adeus em grande estilo, pedi as melhores entradas em todos os meus restaurantes favoritos, assisti *A morte do caixeiro viajante* na Broadway e fumei um charuto cubano na ponte do Brooklin. Também reservei a suíte da cobertura no Waldorf Astoria, onde, neste momento, estou deitado de costas na cama e enfiando os dedos nos cabelos de uma mulher, gemendo enquanto ela desliza a boca pelo meu pau.

– Você gosta disso? – ela sussurra, enquanto olha para mim e passa a língua provocativamente ao redor da cabeça.

Não respondo. Empurro a cabeça dela para baixo e expiro enquanto ela pressiona os lábios contra minhas bolas, cobrindo meu pau com as mãos e movendo-as para cima e para baixo.

Nas últimas duas horas, eu a fodi contra a parede, obriguei-a a se curvar sobre uma cadeira e prendi suas pernas no colchão enquanto devorava sua boceta.

Está sendo bastante gratificante, *divertido* até, mas sei que esse sentimento vai durar por apenas algum tempo –, afinal, ele nunca permanece. Em menos de uma semana, terei de encontrar outra pessoa.

Enquanto ela me leva cada vez mais fundo em sua boca, puxo com firmeza seus cabelos, enrijecendo conforme ela sacode a cabeça para cima e para baixo. O prazer começa naturalmente a atravessar o meu corpo e os músculos das minhas pernas se contraem, obrigando-me a avisá-la para se afastar antes que eu finalmente goze.

Mas ela me ignora. Agarra meus joelhos e me chupa mais rápido, deixando meu pau tocar o fundo de sua garganta. Ainda ofereço-lhe uma última chance de se afastar, mas como seus lábios continuam envoltos em meu pau, ela não me deixa escolha a não ser gozar em sua boca.

E então ela engole – até a última gota.

Impressionante...

Finalmente se afastando, ela lambe os lábios e se recosta no chão.

– Essa foi a primeira vez que engoli – ela diz – Fiz isso especialmente para você.

– Não devia. – Levanto-me e fecho o zíper da calça. – Devia ter guardado para outra pessoa.

– Certo. Bem, hmmm... Você quer pedir alguma coisa para o jantar? Talvez pudéssemos comer assistindo à HBO e recomeçar depois?

Levanto a sobrancelha, confuso.

Esta sempre é a parte mais chata: aquela em que a mulher, que antes tinha concordado com *um jantar, uma noite e nada mais*, quer estabelecer algum tipo de vínculo imaginário. Por alguma razão qualquer, ela sente que é preciso algum tipo de diálogo, alguma nova garantia inútil que confirmará, de certo modo, que o que acabou de acontecer foi "mais do que sexo" e que vamos nos tornar amigos.

Mas *foi* apenas sexo e *não estou* precisando de nenhuma amizade. Nem agora, nem nunca.

– Não, obrigado. – Caminho até o espelho do outro lado do quarto. – Tenho um compromisso.

– Às três da manhã? Quer dizer, se você só quer pular a parte do jantar e da HBO e ir direto para mais uma rodada, posso...

Desligo-me de sua voz irritante e começo a abotoar a camisa. Jamais passei a noite com uma mulher que conheci on-line e essa não será a primeira.

Enquanto arrumo a gravata, olho para baixo e vejo uma carteira rosa esfarrapada sobre a cômoda. Abro-a e corro os dedos pelo nome impresso na carteira de motorista: *Sarah Tate*.

Embora eu apenas conheça essa mulher há uma semana, ela sempre atendeu por "Samantha". Também me disse *repetidamente* que trabalha como enfermeira no Grace Hospital. A julgar pelo cartão de funcionária do Walmart escondido atrás da carteira de motorista, suponho, portanto, que essa parte também não seja verdade.

Olho por cima do ombro e a vejo esparramada sobre os lençóis de seda. Sua pele branca é imaculada e suave, seus lábios carnudos e curvilíneos estão ligeiramente inchados e ofegantes.

Seus olhos verdes encontraram os meus e ela se senta lentamente, abrindo as pernas um pouco mais, sussurrando lasciva:

– Você sabe que quer ficar. *Fique...*

Meu pau começa a endurecer, definitivamente pronto para mais uma rodada, mas descobrir seu nome real arruinou qualquer chance... Não suporto ficar perto de alguém que tenha mentido para mim, mesmo que esse alguém tenha um par de seios enormes e uma boca deliciosa.

Atiro a carteira no colo dela.

– Você me disse que seu nome era Samantha.

– Certo. *E...?*

– E seu nome é *Sarah*.

– E daí? – Ela dá de ombros, acenando com a mão. – Nunca digo meu nome verdadeiro para homens que conheço na internet.

– Você só trepa com eles em suítes de hotel cinco estrelas, não é?

– Por que, de repente, você está se importando com meu nome verdadeiro?

– Eu não me importo. – Olho para o relógio. – Você vai passar a noite aqui ou preciso lhe dar o dinheiro do táxi para ir para casa?

– *O* quê?

– Não fui claro o suficiente?

– Nossa... *uau!* – Ela balança a cabeça. – Quanto tempo mais você acha que conseguirá continuar fazendo isso?

– Continuar fazendo *o quê*?

– Convivendo com alguém por uma semana, transando e depois passando para a próxima. Por quanto tempo mais?

– Até meu pau parar de funcionar. – Visto o casaco. – Você precisa de dinheiro para o táxi ou vai ficar? O check-out é ao meio-dia.

– Sabia que homens como você, *do tipo que evitam relacionamentos*, são os que normalmente levam os piores tombos?

– Você aprendeu isso no Walmart?

– Só porque alguma mulher do seu passado o machucou, isso não quer dizer que todas as outras farão o mesmo. – Ela franze os lábios. – Deve ser por isso que você é do jeito que é. Talvez, se tentasse realmente *se relacionar* com alguém, pudesse ser bem mais feliz. Você deve levar uma mulher para jantar e realmente ouvi-la, acompanhá-la até em casa sem esperar um convite para entrar. E, talvez, evitar toda a coisa do "vamos trepar numa suíte de hotel".

Onde estão as minhas chaves? Preciso ir. Agora.

– Posso ver claramente agora... – ela parece não conseguir calar a porra da boca – Um dia, você vai querer mais do que sexo, e isso será com alguém completamente inesperado. Alguém que vai forçá-lo a ceder.

Puxo as chaves de baixo de seu vestido amarrotado e suspiro.

– Você precisa de dinheiro para o táxi?

– Tenho meu próprio carro, imbecil. – Ela revira os olhos. – Você realmente é incapaz de ter uma conversa normal? Será que morreria se conversasse comigo por alguns minutos que fosse após o sexo?

– Não temos nada para conversar. – Coloco a chave do quarto na mesa de cabeceira e caminho em direção à porta. – Foi muito bom conhecê-la, Samantha... *Sarah*, seja qual for a porra do seu nome. Tenha uma ótima noite.

– *Vá se foder*!

– Três vezes foi mais do que suficiente. Não, obrigado.

– Um dia você vai se arrepender, seu imbecil! – ela grita, enquanto saio para o corredor – Carma é foda!

– Eu sei – retruco – Trepei com ela duas semanas atrás...

Contrato (s. m.):

Acordo entre duas pessoas que cria uma obrigação de realizar ou não uma ação particular.

Andrew

Seis anos mais tarde...

Durham, Carolina do Norte

A mulher que estava sentada à minha frente neste momento era uma puta de uma mentirosa.

Usava um suéter cinza horrível e saia xadrez vermelha, os cabelos pareciam tingidos com lápis de cor. Não se parecia em nada com a mulher da foto on-line, em nada com a loira sorridente de seios bem desenhados, tatuagens de borboletas e lábios rosados e carnudos.

Antes de eu ter combinado esse encontro, pedi, especificamente, três provas de veracidade das imagens: uma foto dela segurando um jornal estampando a data mais recente, outra mordendo os lábios e outra, ainda, segurando um papel com seu nome. Quando exigi essas três coisas, ela riu e disse que eu era "a pessoa mais paranoica do mundo", mas cumpriu as exigências mesmo assim. Bem, pelo menos era o que eu pensava. Com exceção de lhe dizer meu nome verdadeiro (coisa que parei de fazer anos atrás), eu tinha sido completamente honesto e esperava o mesmo em troca.

– Bem, agora que estamos *sozinhos*... – De repente, ela sorriu, revelando uma boca cheia de pedaços de metal e borracha. – É bom conhecê-lo pessoalmente, *Thoreau*. Como vai?

Não tenho tempo para isso.

– Quem é a garota na foto do seu perfil? – perguntei.

– O quê?

– *Quem é a garota na foto do seu perfil?*

– Ah... Bem, aquela não sou eu.

– Sério? Não brinca... – eu disse, revirando os olhos – Você contratou uma modelo? Usou um banco de imagens ou o Photoshop?

– Não exatamente – ela baixou a voz – Só pensei que, talvez, tivesse mais chances de você falar comigo se eu usasse aquela foto em vez da minha.

Examinei-a novamente, percebendo dessa vez a estranha tatuagem de unicórnio em seus dedos e o ditado "O amor é cego" em seu pulso.

– O que você esperava que fosse acontecer quando a gente se *conhecesse* pessoalmente? – aquela merda toda era incompreensível para mim – Pensou no que aconteceria quando esse dia chegasse, quando eu descobrisse que você não era quem disse que era?

– Eu estava meio que esperando que você também tivesse mentido sobre a sua aparência – ela respondeu – Não imaginava que você fosse exatamente como está em seu perfil, sabe? Esta é a primeira vez que um cara do Date-Match diz a verdade. Acho que é um tipo de sinal.

– *Não, isso não é nenhum tipo de sinal.* – Balancei a cabeça. – E a modelo? Como conseguiu fazer alguém tirar todas aquelas fotos que pedi?

– Não é uma modelo; é a minha colega de quarto. – Seus olhos se arregalaram quando me levantei. – Espere um minuto! Todas as coisas que eu lhe disse por telefone eram absolutamente verdadeiras: *tenho* interesse em política e *amo* mesmo estudar Direito e acompanhar casos famosos.

– Em qual faculdade de Direito você estudou?

– Faculdade de Direito? – Ela levantou a sobrancelha. – Não, não é desse tipo de Direito que estou falando; falo do que vejo nos episódios de Law and Order e leio nos livros de John Grisham.

Suspirei e puxei algumas notas da carteira, colocando-as sobre a mesa. Já tinha perdido muito tempo com aquela garota.

– Adeus, *Charlotte.*

Parti, ignorando o resto do seu pedido de desculpas.

No momento em que o manobrista entregou meu carro, pulei para dentro dele e acelerei.

Essa merda toda está ficando ridícula...

Já era a sexta vez naquele mês que isso acontecia, e eu não conseguia entender por que alguém se dispunha a mentir sobre a própria aparência se, depois, iria me encontrar cara a cara. Isso não fazia porra de sentido nenhum.

Aborrecido, comprei uma garrafa de uísque na loja do outro lado da rua e anotei mentalmente para bloquear essa última mentirosa em minha página. Começava a sentir que havia esgotado todas as mulheres disponíveis para transar em Durham. Além disso, sentia que era hora de mudar de cidade e começar tudo de novo, pois os suores gelados de anos atrás haviam retornado e eu sabia que os pesadelos viriam a seguir.

Assim que pisei em meu apartamento, preparei três doses e tomei de uma vez. Depois, tomei outras três.

Peguei o telefone e verifiquei os e-mails do dia – clientes, mais convites do Date-Match para conversar e uma mensagem da loira sexy que me encontraria no próximo sábado.

O assunto da mensagem era "A chave é a honestidade, certo?". Tomei outra dose antes de abri-la, esperando que fosse um convite para nos encontrarmos naquela mesma noite em vez de sábado, mas não era. Era a porra de uma carta.

Oi, Thoreau.

Sei que deveríamos nos encontrar nesse sábado e, acredite, eu estava muuuito ansiosa por isso, mas preciso saber se você está interessado em mim por mim mesma e não pela minha aparência. Conheci um monte de caras assustadores aqui, porque eles simplesmente gostam da minha foto e, quando nos encontramos, só querem fazer sexo. Posso garantir-lhe que sou quem digo ser, mas estou procurando algo um pouco mais recompensador do que sexo casual. Não precisamos ter uma relação completa e explosiva ou nos envolver em um caso intenso, mas podemos pelo menos construir uma amizade primeiro, entende? Estou ansiosa para vê-lo; então, me diga se ainda estiver interessado em me conhecer.

Liz

Imediatamente cliquei em meu perfil e abri a janela "O que estou procurando", certificando-me de que ainda estava escrito a mesma coisa: "Sexo casual. Nada mais, nada menos".

Essa frase não estava lá de enfeite, e havia uma razão para estar em negrito.

Voltei à mensagem da mulher e respondi:

Não estou mais interessado em conhecê--la. Boa sorte para encontrar seja lá o que for que estiver procurando.
Thoreau

Ela respondeu em seguida:

Está falando sério? Será que não pode precisar de outro amigo? Não podemos ser "apenas amigos"?
Liz

Antes de bloqueá-la, rebati:

Nem pensar.
Thoreau

Outra dose desceu pela minha garganta, enquanto percorri o resto dos e-mails. Abri de imediato aquele que fora enviado pela única pessoa que eu considerava uma amiga nesta porra de cidade: Alyssa.

Assunto: pau desamparado

Bem, estou escrevendo para você neste exato momento porque acabei de pensar em quanta dor deve estar sentindo agora... Não conversamos sobre as suas transas há um bom tempo e isso me preocupa. Muito. Tipo, CHOREI por causa da sua falta de boceta... Lamento muito que tantas mulheres tenham te enviado fotos falsas e te causado um grave caso de inchaço nas bolas. Estou enviando os links de uma loção top de linha, na qual acho que você deve investir nas próximas semanas.

Seu pau está em minhas orações,

Alyssa

Sorri e escrevi uma resposta.

Assunto: Re: pau desamparado

Obrigado por se preocupar com o meu pau. No entanto, já que você NUNCA fala sobre transar, acho que "teias de aranha na boceta" deve ser uma doença muito mais grave. Sim, é verdade que várias mulheres têm me enviado fotos, mas triste mesmo é você nunca ter me enviado a sua, não é mesmo? Estou mais do que disposto a te enviar a minha e, finalmente, ajudá-la a curar sua triste e infeliz doença.

```
Obrigado por colocar meu pau em suas
orações, mas eu acharia melhor que o
colocasse na sua boca.
Thoreau
```

Apenas isso já fazia a minha noite ficar dez vezes melhor. Embora não conhecesse Alyssa pessoalmente e nossas conversas se restringissem a telefonemas, e-mails e mensagens de texto, eu sentia uma forte conexão com ela.

Tínhamos nos conhecido por meio de uma rede social anônima e exclusiva, a LawyerChat. Não havia fotos de perfil nem qualquer atividade na linha do tempo, somente espaços para mensagens e uma pequena caixa na qual se podia colocar algumas informações (apenas o primeiro nome, a idade, o número de anos de prática e alguma outra característica que pudesse ser conveniente). Um logotipo no perfil de cada usuário revelava seu sexo.

Havia, ainda, a "garantia" de que todo usuário era advogado e tinha sido convidado pessoalmente. De acordo com os desenvolvedores do site, eles cruzavam as informações de cada advogado em exercício no Estado da Carolina do Norte com os registros de licenciamento da Ordem, de modo a garantir um sistema de suporte único e original.

Para ser sincero, pensei que a rede era besteira e, se não fosse pelo fato de eu ter fodido algumas mulheres que conheci lá, talvez tivesse cancelado minha conta depois do primeiro mês.

Apesar disso, quando vi uma nova mensagem intitulada "preciso de conselhos", enviada por uma tal de Alyssa, foi irresistível tentar repetir meus resultados anteriores. Primeiro, li seu perfil – vinte e sete anos, bacharel em Direito há um ano, amante de livros. Depois, decidi seguir em frente.

Minha intenção era responder suas dúvidas jurídicas, conduzir a conversa lentamente para assuntos mais pessoais e, em seguida, pedir-lhe para criar um perfil no Date-Match para, enfim, poder ver como ela era. Mas o fato é que ela não era como as outras mulheres.

Enviava-me mensagens constantes e sempre mantinha a conversa no campo profissional. Como era uma advogada jovem e inexperiente, pedia-me conselhos sobre os temas mais simples: edição de peça processual, registro de alegação e apresentação de evidências. Depois de cinco longas conversas e uma cansativa sessão de três horas sobre ordem de despejo, resolvi pedir seu telefone, e ela negou.

Começamos a nos falar pelo chat do site.

– Por que não?

– Porque é contra as regras.

– Nunca conheci um advogado que não tenha quebrado pelo menos uma regra.

– Então você não deve ser um advogado muito bom. Vou procurar outra pessoa para conversar agora. Obrigada.

Antes que ela pudesse fechar a conversa, digitei:

– Você vai perder esse caso amanhã. Não tem ideia do que está fazendo.

– Ficou realmente tão chateado assim com o fato de eu não te dar o número do meu telefone? Quantos anos você tem, doze?

– Trinta e dois, e estou cagando para o número do seu telefone. Só pedi para poder ligar e dizer que a apresentação que você me enviou está cheia de erros de digitação e o argumento final parece ter sido escrito por um aluno do primeiro ano. Há muitos erros para sentar aqui e digitar.

– Minha apresentação não está tão ruim assim.

– Também não está tão boa assim.

Antes de sair do bate-papo, um número de telefone apareceu na tela e, embaixo dele, um curto parágrafo:

– Se for ligar para me ajudar, ótimo. Se for usar o telefone para me convencer a entrar em algum site de namoro depois, pode tirar o cavalinho da chuva. Entrei aqui exclusivamente para obter suporte profissional, só isso.

Observei aquela mensagem longa e arduamente, considerando se deveria ajudá-la mesmo sem nenhuma chance de conseguir alguma coisa com isso. Algo, porém, levou-me a telefonar assim mesmo. Acompanhei-a em cada erro que ela havia cometido, insisti que esclarecesse algumas frases e até mesmo reformatei sua apresentação.

E, quando estava prestes a me despedir e desligar, algo estranho aconteceu. Ela perguntou:

– Como foi seu dia hoje?

– Isso não está em sua apresentação – eu disse – Você só quer conversar sobre a merda do Direito, lembra?

– Não posso mudar de ideia?

– Não. Agora, desligue.

Dito isso, esperei ouvir um sinal, mas o que veio do outro lado foi uma risada. Se não fosse pelo fato de aquele som ser estridente e sexy, eu mesmo teria desligado. Mas não consegui.

– Sinto muito – ela disse, ainda rindo – Não quis ofendê-lo.

– Não ofendeu. Desligue.

– Não quero. – Ela finalmente parou de rir. – Quero me desculpar por aquela mensagem agressiva que mandei... Você, na verdade, é o único cara que conheci aqui que responde a todas as minhas perguntas. Está ocupado agora? Pode falar?

– Falar sobre *o quê*?

– Sobre você, sobre a sua vida... Estou fazendo tantas perguntas jurídicas entediantes todos os dias e você está sendo tão paciente... Então, se vamos ser amigos, nada mais justo do que falarmos de algo menos entediante, não é mesmo?

Amigos?

Eu hesitava em responder, especialmente porque não me parecia que esse "algo menos entediante" envolvesse sexo e porque ela dissera a palavra "amigos" com muita facilidade. No entanto, como eu já estava no meio de outra noite sem sexo, comecei uma conversa comum com ela. Até as cinco da manhã, falamos sobre as coisas mais estúpidas e tediosas do mundo: nossa vida cotidiana, nossos livros favoritos, o sonho dela de se tornar bailarina profissional.

Voltamos a conversar poucos dias mais tarde e, depois de um mês, conversávamos todos os dias.

Bebi outra dose de uísque, pressionei o botão de chamada em meu telefone e esperei para ouvir sua voz suave.

Não houve resposta. Pensei em enviar uma mensagem, mas me dei conta de que eram nove horas de uma quarta-feira e de que não poderíamos conversar naquela noite.

Ensaio... As noites de quarta são reservadas para os ensaios de balé...

◆◆◆

– Senhor Hamilton? – Minha secretária entrou na sala na manhã seguinte.

– Sim, Jessica?

– O senhor Greenwood e o senhor Bach gostariam de saber do seu interesse em participar da próxima rodada de entrevistas de estagiários hoje.

– *Nenhum!*

– Tudo bem... – Ela olha para baixo e rabisca algo em seu bloco de notas. – Mas o senhor deu uma olhada nos currículos? Eles têm de ser reduzidos a quinze hoje.

Suspirei e peguei a pilha de currículos que ela me entregara na semana passada. Li todos e escrevi algumas notas, na maioria "Passo", "Passo duas vezes" e "Não estou disposto a ler isso". Todos os candidatos restantes eram da Universidade de Duke e, até onde eu sabia, éramos a única firma na cidade que aceitava alunos de cursos preparatórios para a Faculdade de Direito *e* alunos da Faculdade de Direito para vagas de estágios remunerados.

– Nenhum candidato me impressionou. – Deslizei os papéis em minha mesa. – Esses eram todos os candidatos selecionados?

– Não, senhor. – Ela se aproximou e depositou uma pilha ainda maior diante de mim. – *Estes* são todos os candidatos selecionados. O senhor precisa de algo mais esta manhã?

– Além de pegar o meu café? – Apontei para a xícara vazia na beirada da mesa.

Odiava ter de lembrá-la dessa obrigação; afinal, não funciono de manhã sem uma boa xícara de café fresco.

– Sinto muito. Vou trazê-lo imediatamente.

Liguei o computador e verifiquei os e-mails, classificando-os por ordem de importância. Claro que o mais recente e-mail de Alyssa foi direto para o topo.

Assunto: sai dessa

Obrigada pela mensagem que me mandou esta manhã, com a imagem infantil da teia de aranha do lado de fora do seu condomínio. Gostei bastante, mas posso garantir que NÃO é bem isso que está dentro da minha vagina neste exato momento. Não que seja da sua conta, mas não preciso transar todos os dias para satisfazer minhas necessidades, pois elas são BEM atendidas com VÁRIOS acessórios.
Alyssa

Assunto: Re: sai dessa

Enviei duas imagens: uma da teia de aranha e uma do lago seco com peixes agonizantes. A segunda imagem foi mais precisa? O único acessório de que a sua boceta precisa é a minha língua. Ela está aqui sempre que quiser e funciona de VÁRIAS maneiras.
Thoreau

– Aqui está, senhor Hamilton. – Jessica coloca repentinamente meu café sobre a mesa. – Posso fazer uma pergunta?

– Não, não pode.

– Foi o que pensei – ela disse, baixando a voz e olhando em meus olhos – Sei que é pouco profissional, mas preciso de um acompanhante para o baile de gala no próximo mês.

– Então, encontre um acompanhante para o baile de gala no próximo mês.

– Essa é minha maneira de pedir para que seja meu acompanhante...

Pisquei. Eu precisava encontrar uma forma mais sutil de dizer "nem fodendo".

Jessica tinha acabado de terminar a faculdade – infelizmente jovem demais para mim. Trabalhava aqui porque o avô dela abrira esta firma e estava procurando muito mais do que eu estava disposto a dar. Já a escutara falar várias vezes, em seu horário de almoço, sobre como queria se casar antes dos 25 anos. Aparentemente, também queria ser dona de casa, mãe de seis filhos e morar em uma casa em um belo bairro residencial.

Em outras palavras, estava completamente fora de si.

– Então, o que me diz? – Ela sorriu.

Tentei não revirar os olhos.

– Jessica...

– Sim? – Seus olhos estavam cheios de esperança.

– Veja, querida, além de ser altamente inapropriado que nos envolvamos em qualquer tipo de relacionamento fora deste escritório, algum dia, eu não sou o tipo de homem que você está procurando. De forma alguma. Acredite.

– Nem mesmo por uma noite?

– No meu dicionário, as palavras "uma noite" trazem determinadas expectativas que você não poderia cumprir. Então, não. Vá procurar alguma coisa para fazer.

– "Uma noite" é um código para sexo?

– Por que ainda está aqui?

– Eu não diria a ninguém se fizéssemos sexo – ela sussurrou – Na verdade, fantasio com isso desde que nos conhecemos. E já que você nunca tem compromissos com uma namorada em sua agenda, suponho que esteja disponível.

– Não estou.

– Uma vez entrei no banheiro e o vi mijando... Acho que deve ter pelo menos vinte e dois centímetros.

Mas que porra é essa?

Eu já estava quase gravando aquela conversa com o meu telefone para enviar por e-mail para o avô dela.

– Sou *muito boa* em sexo oral – ela disse – Desde o colegial. Todos os caras que chupei disseram que minha boca é *incrível*. – Ela mordiscou o lábio inferior.

– Por acaso tem algum tipo de supercola no chão? É por isso que você ainda está parada aí?

– Se me acompanhasse no baile de gala e acabássemos tendo um bom encontro, você seria o primeiro homem com quem eu teria ido até o fim. – E então ela deixou escapar, corando um pouco – Ainda sou virgem, *lá embaixo*.

– Então, definitivamente não sou o homem certo para você. – Revirei os olhos. – Agora, saia antes que eu chame o senhor Greenwood e lhe diga que sua querida neta está se oferecendo para chupar meu pau durante o café da manhã.

Chocada, as bochechas tingidas de vermelho, ela rapidamente caminhou até a porta. Em seguida, olhou por cima do ombro e deu uma piscada para mim. Deu a porra de uma *piscada* para mim antes de sair.

No mesmo momento, digitei uma nota em minha agenda: *Procurar uma nova secretária, mais velha e casada...*

Antes que pudesse terminar de organizar minha caixa de entrada de e-mails, meu celular tocou. Era Alyssa.

– Estou ocupado – respondi.

– Então, por que atendeu o telefone?

– Porque o som da minha voz deixa você toda molhada.

– Engraçadinho. – Ela riu. – Como está o seu dia?

– Normal. Minha secretária acabou de se oferecer para mim pela terceira vez neste mês.

– Ela te entregou outra caixa de bombons com um bilhete dizendo "Você e eu pertencemos um ao outro"?

– Não, ela se ofereceu para chupar meu pau.

– O quê? – ela engasgou – Você está de brincadeira!

– Infelizmente, não. Depois disso, me disse que estava disposta a me entregar sua virgindade. Nem preciso dizer que vou colocar um anúncio de emprego em breve. Tem alguém aí querendo trabalhar em uma empresa melhor? Eu dobro o salário.

– Como você sabe que a minha empresa não é melhor que a sua?

– Porque você me liga pedindo conselhos sobre casos tolos todo o tempo, só por isso. Se fosse melhor, jamais teria que perguntar.

– Tanto faz – ela murmurou – Ainda não engatou em nenhum vagão on-line?

– *Engatar? Vagão?* – Nunca consegui entender as metáforas e os jogos de palavras dela. – Que porra isso quer dizer?

– Aff... – ela suspirou – Quer dizer que você não me atualizou sobre seu encontro de ontem à noite; portanto, acho que foi um fracasso e isso significa que você não dorme com ninguém há mais de um mês. E esse deve ser um recorde para você.

– É.

– Quer um conselho?

– Só se você vier ao meu escritório me dar *pessoalmente* – Sorri.

– Não, obrigada. Por falar em conselho, vou precisar de sua ajuda na sexta à noite.

– Com o quê?

– Acabei de pegar um grande caso. Ainda não li todos os documentos, mas já sei que estão além da minha compreensão.

Recostei-me na cadeira.

– Se é um caso tão grande assim, você poderia levar os documentos até meu apartamento hoje à noite. Eu ficaria feliz em ajudá-la a analisá-los. Qualificação sempre foi minha especialidade.

– Hahaha! Boa tentativa, mas acho que não.

Ela continuou falando sobre o caso, mas eu não estava prestando atenção. Ainda me parecia estranho que não quisesse me conhecer pessoalmente, mudando de assunto toda vez que eu trazia o assunto à tona.

– Além disso... – ela continuava divagando – eu provavelmente vou ter que pesquisar sobre essas mudanças. Não tenho certeza se...

– Diga-me a verdadeira razão de eu não poder encontrá-la pessoalmente – cortei-a.

– *O quê?*

– Já nos conhecemos há seis meses. Por que você não quer se encontrar comigo?

Silêncio.

– Preciso repetir a pergunta? – Levantei-me, caminhei até a porta e a tranquei. – Você não me entendeu?

– É contra as regras do LawyerChat...

– Foda-se o LawyerChat. – Revirei os olhos. – Em primeiro lugar, é contra as regras termos o telefone um do outro e agirmos como malditos adolescentes gozando do outro lado da linha toda noite, mas você nunca se queixou disso.

– Você nunca me fez gozar...

– Não minta para mim.

– Não fez.

– Então, na semana passada, quando eu disse que queria que você montasse na minha boca para eu lamber sua boceta até fazê-la gozar em meus lábios, a sua respiração pesada era *fingimento*?

Ela respirou fundo.

– Não, mas...

– Foi o que pensei. Por que, então, não podemos nos conhecer pessoalmente?

– Porque isso arruinaria nossa amizade, e você sabe disso.

– *Não sei, não.*

– Você me disse que nunca dorme com a mesma mulher duas vezes, que depois de dormir com alguém sempre termina com ela.

– Nunca trepei com minhas *amigas* antes.

– Isso porque sou sua única amiga.

– Eu sei, mas... – parei, não havia como me defender disso.

O silêncio permaneceu na linha enquanto eu tentava pensar em outro argumento, mas ela falou primeiro:

– Realmente, não quero estragar nossa amizade com uma trepada sem sentido.

– Garanto que vamos ter mais do que *uma* trepada sem sentido.

Seu riso leve e delicado atravessou a linha e eu suspirei, tentando imaginar como seria. Não sei exatamente o motivo, mas ao longo das últimas semanas eu ansiara por sentir aquele riso pessoalmente.

– Quer saber... – ela continuou – para um grande advogado, você tem uma boca bastante suja.

– Você ficaria surpresa ao descobrir como ela pode ficar suja.

– Mais suja do que o que eu já pude experimentar?

– *Muito mais.* – Eu estava navegando em águas rasas desde que começamos essa amizade, ainda esperançoso de que fôssemos nos encontrar pessoalmente algum dia, mas agora que não vamos, não há razão para me segurar. – Acho que vou *falar com você* hoje à noite.

– Não, a menos que ache algum encontro até lá. Sei que vai procurar.

– É claro que vou procurar – brinquei – Alyssa é seu *verdadeiro* nome?

– Sim, mas tenho certeza de que *Thoreau* não é o seu. Se importaria em, finalmente, me dizê-lo?

– Vou te dizer quando você recuperar a porra dos sentidos e me deixar vê-la.

– Não vai mesmo desistir, não é? – Ela riu de novo. – E se o verdadeiro motivo pelo qual não quero conhecê-lo é porque sou feia?

– Tenho um bom pressentimento de que *não é*.

– Mas, *e se fosse?*

– Eu foderia você com a luz apagada.

– Prefiro acesa.

– Então, eu colocaria um saco de papel na sua cabeça.

– *O que?!* – Ela explodiu em risos. – Você é ridículo! Aff... Olha, tenho um cliente me esperando agora. Preciso ir. Posso ligar mais tarde?

– Sempre. – Desliguei, sorrindo, e então foi que me ocorreu...

Porra, ela sempre encontra uma maneira de escapar desse assunto.

Perjúrio (s. m.):

Dar, voluntariamente e sob juramento, um falso testemunho.

Alyssa

(Bem, na verdade, meu nome é Aubrey...)

– No final, as mentiras sempre acabam sendo descobertas... Por que as pessoas não entendem isso?

Era isso o que dizia a mensagem de texto de Thoreau hoje de manhã. E eu respondi:

– Você não acha que algumas mentiras são justificáveis?

– Não. Nunca.

Hesitei.

– Quer dizer que nunca mentiu para mim?

– Por que mentiria?

– Porque a gente mal se conhece...

– Só porque você me mantém afastado.

E antes que eu pudesse responder, ele me mandou outra mensagem:

– Gostaria de saber meu verdadeiro nome e onde trabalho?

– Prefiro nosso acordo de anonimato.

– Claro que prefere. E não, nunca menti para você. Por algum motivo estranho, confio em você.

– Algum motivo estranho?

– Muito estranho. Falo com você mais tarde.

Joguei meu celular na bolsa e suspirei, sentindo aquela familiar sensação de culpa pousar sobre meus ombros. Nunca tive a intenção de continuar falando com ele ou de me tornar sua amiga fora do LawyerChat, porém estava muito envolvida em tudo isso e não queria desistir agora.

Meses atrás, quando vi o convite para a rede social exclusiva no computador da minha mãe, jurei usar o espaço somente quando precisasse tirar alguma dúvida do curso preparatório para a Faculdade de Direito. Usei o código para fazer o login, criei um perfil falso e certifiquei-me de fazer todas as perguntas de modo que não parecessem trabalhos escolares.

Para minha infelicidade, o programa preparatório para a Faculdade de Direito da Universidade de Duke era diferente de qualquer outro do país: consistia em diversas aulas práticas e orientação particular de advogados praticantes, além de ser imprescindível que cada aluno fizesse um estágio nos quatro semestres finais. Ainda esperavam que lêssemos e interpretássemos arquivos de alguns casos como se já fôssemos advogados.

Se eu soubesse que pedir ajuda a Thoreau com os meus deveres de casa nos levaria a uma amizade real, teria parado de falar com ele antes. Mas, da mesma forma que eu era sua única amiga, ele também era meu único amigo.

Ele era honesto e se abria sempre que conversávamos, e a única coisa que eu desejava era poder retribuir sua honestidade, principalmente porque, sempre que uma mulher o enganava em algum encontro, ele repetia: "odeio essas porras de mentiras".

Droga...

Alisando o tule da minha saia de bailarina, respirei fundo várias vezes. Eu poderia pensar a respeito da minha amizade com Thoreau depois; agora, precisava me concentrar.

Hoje foi o teste para uma produção de *O lago dos cisnes* e estou uma pilha de nervos. Na noite passada, praticamente não dormi; não comi nada no café da manhã e cheguei ao teatro com cinco horas de antecedência.

– Por favor, esvaziem o palco, senhoras e senhores! – o diretor gritou – Os testes oficiais vão começar em trinta minutos! Por favor, esvaziem o palco e saiam pelas laterais!

Antes de ir para os bastidores, percorri a plateia com os olhos. A maioria dos rostos era familiar – colegas de classe, professores, alguns diretores da companhia de balé na qual eu trabalhara no verão passado. Mas os rostos que eu precisava ver não estavam lá.

Nunca estavam, aliás.

Magoada, procurei um canto no camarim e telefonei para a minha mãe.

– Alô? – ela respondeu no primeiro toque.

– Por que não veio?

– Por que não fui *aonde*, Aubrey? Do que está falando agora? – ela soltou um suspiro impaciente.

– Do meu teste aberto para *O lago dos cisnes*. Você prometeu que estaria aqui com papai.

– É a Aubrey, querido! – ela gritou para meu pai – Seu recital foi hoje?

– Não participo de um recital desde que tinha treze anos. – respondi, cerrando os dentes – Hoje é um teste, um teste único, e vocês deveriam estar aqui.

– Acho que minha secretária acabou se esquecendo de me lembrar disso hoje de manhã – ela disse – Já conseguiu arrumar algum estágio?

– Já tenho *dois* diplomas.

– De cursos preparatórios, Aubrey.

– Não – suspirei.

– Bom, e por que não? Por acaso acha que um estágio vai cair do céu diretamente no seu colo, é isso?

– Fiz uma entrevista ontem no Blaine & Associados – retruquei, sentindo por um segundo meu coração ficar mais pesado – E tenho outra marcada para a próxima semana na Greenwood, Bach & Hamilton. Também estou prestes a fazer um teste para um papel único na vida e agradeceria se você pudesse pelo menos fingir que se importa, nem que seja por cinco segundos, porra.

– *Como é*, mocinha?

– Você não está aqui. – Meus olhos estavam marejados. – *Você não está aqui*... Faz ideia do tamanho dessa produção?

– Você está *ganhando* alguma coisa? É a Companhia de Balé de Nova York que está produzindo?

– Essa não é a questão. Já cansei de lhe dizer como esse teste é importante para mim. Telefonei ontem à noite para lembrá-la e seria mesmo muito bom se meus *pais* aparecessem e acreditassem em mim de vez em quando.

– Aubrey... – ela suspirou – Acredito em você. Sempre acreditei, mas estou no meio de uma grande audiência agora e você sabe disso porque está em todos os jornais. Também sabe que se tornar bailarina não é uma escolha profissional estável. E por mais que eu fosse adorar deixar minha cliente mais importante para vê-la ficar na ponta dos pés no palco...

– O nome disso é *en pointe*.

– Dá no mesmo. – ela disse – Além do mais, é apenas um teste. Tenho certeza de que seu pai e eu não seremos os únicos que não poderão ir hoje. Depois que você terminar o colégio e entrar na Faculdade de Direito, vai ver o balé como ele realmente é, *um hobby*, e ficará grata por termos insistido que fizesse duas especializações.

– O balé é meu *sonho*, mãe.

– Isso é só uma fase, querida. E você já passou da idade para se tornar uma bailarina profissional, até onde eu saiba. Lembra-se de como desistiu de repente aos dezesseis anos? Vai desistir de novo, e vai ser melhor assim. Aliás...

Desliguei.

Não estava disposta a ouvir mais um daqueles discursos destruidores de sonhos e aborreceu-me o fato de ela chamar o meu sonho de "uma fase", uma vez que danço desde os seis anos, e que eles já gastaram incontáveis dólares com aulas particulares, roupas e concursos.

O único motivo de eu ter "desistido" do balé aos dezesseis anos foi porque quebrei o pé e não pude fazer teste para nenhuma escola de dança. E o único motivo de eu ter me interessado levemente por Direito foi porque, nesse período, além das sessões de fisioterapia, eu não podia fazer muita coisa a não ser ler.

Meu coração sempre pertenceu às sapatilhas de ponta, e isso jamais iria mudar.

– Aubrey Everhart? – um homem subitamente chamou meu nome na porta do teatro – Você é Aubrey Everhart?

– Sim.

– É a próxima a subir no palco. Tem por volta de cinco minutos.

– Já estou indo... – Guardei minha bolsa no armário e, antes que pudesse fechá-lo, meu celular tocou.

Como sabia que era minha mãe ligando com suas desculpas esfarrapadas, esforcei-me para não gritar.

– Por favor, poupe-me de suas desculpas, elas não significam nada para mim.

– Estou ligando para te desejar boa sorte – disse uma voz profunda.

– Dois minutos! – Um ajudante de palco olhou para mim e fez sinal indicando o palco.

– *Thoreau?* – Dei as costas para o ajudante. – Por que está me desejando boa sorte?

– Você mencionou algum tipo de teste semanas atrás. É hoje, não é?

– É sim, obrigada...

– Não parece muito animada com seu *sonho* neste exato momento.

– Como posso estar se nem mesmo meus pais acreditam nele?

– Você tem *vinte e sete anos* – ele disse, zombando – Fodam-se seus pais.

Ri, sentindo-me culpada.

– Gostaria que fosse simples assim...

– Na verdade, é. Você ganha seu próprio dinheiro e, apesar de não entender merda nenhuma de leis, parece ser uma advogada bastante decente. Eles que se fodam.

– Vou manter isso em mente – eu disse, tentando mudar de assunto – Estou surpresa por você ter se lembrado de que meu teste seria hoje.

– *Não lembrei.* – Ele desligou e eu sabia que estava sorrindo naquele momento.

– Quinze segundos, senhorita Everhart! – O ajudante de palco agarrou meu braço e praticamente me arrastou para o palco.

Sorri para os juízes e fiquei na quinta posição, braços sobre a cabeça, esperando a primeira nota da peça de Tchaikovsky começar.

Após um farfalhar de papéis e uns murmúrios na plateia, a música começou.

Eu devia demonstrar um arabesco, uma pirueta e, então, executar a série que vinha ensaiando nas aulas no último mês e meio. Entretanto, não tive vontade de fazer isso, e já que aquela era uma de minhas últimas oportunidades de impressionar, decidi dançar como sentia que devia.

Fechei os olhos e completei pirueta após pirueta, *fouette* após *fouette*. Eu nem mesmo estava em sintonia com a música; diria, inclusive, que o pianista estava confuso, tentando me acompanhar.

Demonstrei cada salto que sabia, aterrissando perfeitamente após cada um deles. E quando o pianista desistiu e finalmente chegou à última nota, voltei para a quinta posição e abri um sorriso.

Não houve aplausos, nem vibração, nem nada. Tentei ler a expressão no rosto de cada um dos juízes, procurando saber se estavam minimamente impressionados, mas todos tinham um ar indiferente.

– Isso é tudo, senhorita Everhart – disse um deles – Senhorita Leighton Reynolds, por favor, suba ao palco.

Murmurei um "obrigada" antes de sair dali e correr para fora do teatro, sem sequer me preocupar em assistir às outras apresentações.

Pelo resto da tarde, caminhei pelas ruas tentando não chorar. Quando estava certa de que as lágrimas viriam, enviei e-mails a Thoreau – essa era a única coisa que eu poderia fazer para me sentir melhor.

Assunto: reflexão...

Um jantar, uma noite e nada mais. Você escolhe um restaurante barato ou caro?

Paga o jantar e o hotel ou divide a conta com a mulher?
Alyssa

Assunto: Re: reflexão...

Jantar caro. Suíte de hotel cinco estrelas. Tudo por minha conta. Quer que eu faça as reservas para te mostrar?
Thoreau

Assunto: Re: Re: reflexão...

Claro que não. "As" reservas? E aquela história de "um e apenas um"?
Alyssa

Assunto: Re: Re: Re: reflexão...

Eu disse que abriria uma exceção no seu caso. Investi em uma caixa de sacos de papel hoje.
Thoreau

Sorri e olhei para o relógio. Eram cinco da tarde. Estava certa de que os resultados dos testes tinham saído há horas, mas sentia muito medo de olhar. Tudo o que queria era uma chance de ser um dos cisnes ou, quem sabe, até uma substituta da bailarina principal.

Por que errei a coreografia? Que porra eu estava pensando?

Depois de me enlouquecer com perguntas sem respostas, forcei-me a voltar ao teatro para olhar a seleção do elenco final. Quando cheguei, havia uma multidão diante do mural e pude ouvir os habituais "Consegui! Consegui!" e "Como eles puderam não me escolher?".

Espremendo-me entre a multidão, caminhei até o mural e olhei-o, procurando meu nome na folha do elenco secundário, mas não estava lá.

Era na folha do elenco *principal*, ao lado do papel de Odette/Odile, os cisnes branco e negro, que estava meu nome completo e em negrito.

Explodi em lágrimas, pulando incrédula para cima e para baixo. Queria telefonar para minha mãe e dar a notícia, mas meu coração de repente naufragou diante daquele pensamento.

Eu sabia que, naquele exato momento, ela provavelmente estava dizendo a meu pai que eu desligara o telefone na sua cara e que ele precisava garantir que eu soubesse quem pagava minha formação:

– Se você desistir do curso preparatório para a Faculdade de Direito, vamos parar de enviar os cheques... É esse o curso que paga por suas aulas, não o balé.

◆◆◆

Ergui meus pés doloridos, que eu mergulhara em um balde de gelo, depois sequei-os com uma toalha. Ainda não tinha ideia de como iria conciliar o papel principal no teatro, as aulas e um possível estágio, mas não tive escolha.

Suspirando, olhei para o calendário em minha mesa, no qual, no dia de hoje, eu rabiscara: "preparação para a entrevista".

Minha futura entrevista na Greenwood, Bach & Hamilton, uma das firmas mais prestigiosas do Estado, era mais do que apenas uma entrevista. Era um *processo*, e cada concorrente sabia que um estágio lá podia fazer maravilhas para o currículo.

A empresa era tão seletiva que eles faziam quatro rodadas de entrevistas por telefone, aplicavam três testes on-line e exigiam de cada concorrente diversos ensaios antes de os enviarem para a entrevista final com os sócios.

Fui bem nas entrevistas por telefone e nos testes on-line, mas os ensaios, envolvendo cem páginas de arquivos de um caso, não eram o que eu esperava. Cheguei a pensar que haviam me enviado os arquivos errados, então liguei dizendo: "Olá, hmmm, acho que vocês se confundiram e me enviaram os arquivos do processo seletivo para a vaga de estágio *para alunos de Direito*". A secretária riu na minha cara e disse que a firma esperava que todos os candidatos – de nível preparatório *e* alunos de graduação – trabalhassem com os mesmos arquivos o melhor que pudessem.

– Não se preocupe. – ela disse – Não esperamos que seus ensaios sejam perfeitos. Apenas queremos ver como funciona o seu raciocínio.

Peguei a pasta do caso que estava me dando mais trabalho e coloquei-a no colo. Depois, entrei no site da GB&H e procurei conhecer os três sócios que iriam me entrevistar.

Greenwood, o fundador da firma, era um homem grisalho e usava um par de óculos de armação fina. Apontava Harvard como o motivo de ser tão exigente e meticuloso e vangloriava-se de, ao longo de seus trinta anos de prática, ter atingido um dos maiores índices de vitória do país.

Bach, sócio da empresa há mais de dez anos, era um homem careca, e tinha por volta de quarenta e poucos anos, embora parecesse um pouco mais velho. Trilhara seu caminho até a firma e, como era "um funcionário com inigualável paixão", Greenwood não teve escolha senão torná-lo seu primeiro sócio. Ele também tinha um dos índices de vitória mais altos do país, atrás de Greenwood.

O último era Hamilton, Andrew Hamilton, e ele era... Era *gostoso pra caralho*. Tentei me concentrar em sua biografia e ignorar a foto, mas não consegui. Seus penetrantes olhos azuis olhavam diretamente para mim, e seus cabelos curtos, castanho-escuros, imploravam para serem alisados por minhas mãos.

Ele tinha o rosto de um deus Georgeo, uniformemente bronzeado, perfeitamente simétrico, o queixo quadrado e esculpido, os lábios carnudos curvados em um leve sorriso.

Embora a imagem mostrasse apenas a parte de cima do corpo, imaginei, pela forma como ele preenchia o terno azul-marinho, que músculos rígidos e definidos se escondiam debaixo do tecido.

Estava ficando molhada só de olhar para ele.

Concentre-se, Aubrey... Concentre-se...

Curiosamente, sua biografia era a mais curta dos três. Não apontava a formação nem o passado, ou o ano em que se tornara sócio da firma. Limitava-se a um monte de palavras vazias a respeito de como "a firma se sente honrada em ter um advogado tão respeitado na equipe". Ah... e ele gosta de comer chocolate.

Que importante...

Copiei e colei as biografias dos três em um documento e telefonei para Thoreau.

– Boa noite, Alyssa.

Como de costume, senti-me derreter ao ouvir a voz dele. Juro por Deus que ele poderia me convencer a fazer qualquer coisa... *quase* qualquer coisa.

– Olá, hmmm...

– Sim?

Deus... eu amava a porra daquela voz. Ele não havia dito quase nada e eu já estava excitada.

– Você ligou para que eu pudesse ouvi-la respirar? – Ele devia estar sorrindo.

– Na verdade, sim. – Revirei os olhos. – Está gostando do que ouve?

– Gostaria bem mais se você estivesse embaixo de mim.

Corei.

– Hmmm...

– O caso, Alyssa. – Ele riu. – Me fale sobre o seu caso mais recente.

– Certo, hmmm... – Limpei a garganta. – Para resumir: meu cliente entrou com uma arma num banco e se esqueceu de travá-la. Alguém esbarrou nele e, instintivamente, ele colocou as mãos no bolso e a arma disparou, atingindo sua perna.

– Desde quando você trabalha com Direito Penal? Pensei que a sua especialidade fosse Direito Corporativo.

Merda...

– E é isso mesmo. É um caso *pro bono*, para um amigo.

– Hmmm... Bom, seu *amigo* vai encarar de dois a cinco anos de prisão, caso não tenha antecedentes. Com o que exatamente precisa de ajuda?

– Com a defesa. Ele só feriu a si mesmo.

– Ele tinha autorização para porte de arma?

– Não... – Olhei minhas anotações.

– Então, tenho certeza que a acusação vai convencer o júri de que ele levou a arma ao banco com intenção de ferir outra pessoa. Aceite qualquer acordo que eles propuserem.

– Bem, eu... – Olhei para a folha do exercício. – E se eu já tiver rejeitado um acordo?

Ele suspirou.

– Procure a acusação e tente recuperá-lo. Se eles disserem que não, pleiteie não contestação.

– Não contestação? Está louco?

– Você está? Que tipo de advogado corporativo concorda em pegar um caso criminal já fechado? Um advogado bastante inexperiente no assunto...

– Para sua informação, isso foi uma delegação. – Tossi. – Deixa pra lá. Dizer para alegar não contestação é o mesmo que dizer para alegar culpa.

– Se fosse esse o caso, eu teria dito para *alegar culpa*. – Ele parecia irritado. – A não contestação é a melhor opção para o seu cliente; qualquer advogado *de verdade* saberia disso. Tem certeza que passou no Exame da Ordem?

– Eu não teria sido convidada para participar do LawyerChat se não tivesse passado, teria? – Senti meu coração doer com essa mentira. – Só estou tentando evitar que meu cliente seja mandado para a penitenciária.

– Então, você deve permanecer no Direito Corporativo. – Havia uma espécie de sorriso em sua voz. – Seu cliente vai ser condenado e não há nada que você possa fazer. A única coisa negociável nesse caso é o tempo que ele vai passar atrás das grades. Posso ajudá-la em mais alguma coisa? Preciso dar uma aula sobre a diferença entre *culpado* e *inocente*?

Revirei os olhos e deixei o arquivo de lado.

– Obrigada pela ajuda. Relevante, como sempre.

– É um prazer. – disse ele – Preciso te fazer uma pergunta importante.

– Sobre o caso?

– Não – Ele soltou uma risadinha. – Como você é?

– *O quê?* – Eu mal podia ouvir a minha voz. – O que disse?

– Você ouviu. Já que talvez eu nunca tenha a oportunidade de vê-la, gostaria de saber: *como você é?*

Levantei-me e caminhei até o espelho, deixando meus olhos percorrerem o reflexo.

– Não sei exatamente como devo responder a isso...

Eu precisava mudar de assunto, e rápido. De tudo o que ele me contara sobre as mulheres que conhecera nos últimos meses, definitivamente havia um tipo de que gostava, um que o intrigava como nenhum outro: loira, ligeiramente curvilínea, lábios carnudos...

Eu.

Por várias vezes tentei imaginar como ele era. Cabelos escuros, talvez? Loiro escuro? Uma boca feita para beijar e olhos verde-escuros? Abdômen definido... não, abdômen *superdefinido*, levando diretamente ao caminho da felicidade, um V definitivamente feito para lamber?

Ele já chegou a dizer que malha todos os dias...

Eu estava completamente certa sobre o fato de ele ser atraente. Tinha de ser, afinal, por que outra razão tantas mulheres se interessavam por ele naqueles sites de namoro? Porém, sempre que a minha mente criava uma imagem, eu tentava me convencer de que estava completamente errada.

– Quer saber? – eu disse, afastando meus pensamentos – Nunca fui muito boa em me descrever. Como *você* é?

– Como um homem que quer te foder.

Um frio percorreu minha espinha de cima a baixo.

– Isso não é uma descrição...

– Qual é a cor de seus cabelos? – Ele não pareceu estar se divertindo, e eu sabia que não iria me deixar conduzir a conversa esta noite.

– Ruivos. – Puxei a faixa que segurava meu coque, deixando os fios loiros caírem sobre os ombros.

– Comprimento?

– Curtos...

– Hum... E seus olhos?

Encarei as íris azuis-acinzentadas no espelho e disse:

– Verdes.

– Você tem sardas?

– Não. – Pelo menos isso era verdade.

– E seus lábios?

– Quer saber se são finos ou carnudos?

– Quero saber como eles ficariam em volta do meu pau.

Suspirei.

– Você está se fazendo de tímida hoje? – Cubos de gelo tilintaram contra um copo ao fundo. – Quanto do meu pau você acha que conseguiria colocar na boca?

Continuei em silêncio e minha respiração tornou-se morosa.

– Alyssa? – a voz dele era terna – Vai me responder?

– É difícil ter uma ideia a respeito de uma coisa que a gente nunca fez. – E foi nesse momento que o ouvi respirar fundo, antes que a linha ficasse completamente muda.

Achei que fosse me perguntar como eu tinha conseguido fazer sexo com ex-namorados sem nunca fazer um boquete, mas ele não perguntou.

– Hmmm. Você é ruiva natural?

– O que isso importa? – Fui até a cama. – Está claro que sou seu tipo.

– Tenho uma *preferência*, não um tipo, e uma ruiva que nunca colocou um pau em sua boca gulosa é mais do que suficiente para eu abrir uma exceção.

Enganchei um polegar por baixo da calcinha e a arranquei antes de deslizar sob os lençóis.

– É uma pena que eu não seja totalmente virgem, não é mesmo?

– Não transo com virgens. – Ele fez uma pausa. – Mas, considerando o fato de eu nunca ter te fodido, é bem provável que seja mesmo virgem.

Uma umidade escorreu por minhas coxas e senti os mamilos enrijecerem.

– Duvido...

– Estou cansado de poder falar com você por telefone, Alyssa...

Silêncio.

– *Preciso* te ver... – a voz dele estava tensa – *Preciso* te comer...

– *Thoreau*...

– Não, *ouça* – seu tom era um aviso – Preciso enterrar meu pau em você e sentir sua boceta pulsar em volta dele enquanto você grita meu nome... meu *verdadeiro* nome.

Desci uma mão lentamente pelo corpo, passando-a por entre minhas coxas e os dedos começaram a tocar meu clitóris. Devagar, no começo, e depois mais e mais rápido, com o som da respiração pesada dele em meu ouvido.

– Tenho sido muito paciente com você, não acha? – sua voz sumiu.

– Não...

– Tenho sim – ele disse – Estou cansado de imaginar quanto sua boceta vai ficar molhada e como vai gritar alto quando eu chupar seus seios enquanto você me cavalga... Ou a força com que vou puxar seus cabelos quando te deitar sobre a minha mesa e te foder até te deixar completamente sem fôlego... *Esgotada*.

Fechei os olhos, deixando minha outra mão apertar meus seios e beliscar de leve um mamilo.

– Vou dar duas semanas para você recobrar a porra dos sentidos...

– *O quê?*

– Duas semanas – ele sussurrou – Então, vamos nos encontrar cara a cara e vou exigir cada centímetro do seu corpo.

– Não posso... Não posso concordar com... isso.

– *Vai concordar.* – A respiração dele estava agora em sincronia com a minha. – E no segundo em que fizer isso, vai me convidar para entrar e vou lembrá-la de todas as coisas com que vem me provocando ao longo desses últimos seis meses.

Eu estava sem palavras. Meu clitóris se enrijecia a cada fricção do meu dedo e minha respiração ficava cada vez mais pesada.

– Vou ser gentil no começo – ele sussurrou – Especialmente quando enfiar meu pau na sua boca e puxar seus cabelos, mostrando exatamente como gosto de ser chupado.

– *Pare...* – Eu estava ofegante. – *Pare... por favor...*

– Não vou parar, não adianta pedir.

– *Thoreau...* – Minhas pernas tremiam.

– Não posso mais simplesmente *falar* com você. Preciso *te sentir*, preciso *provar você*. Diga sim...

Mordi os lábios, sabendo que se ele dissesse aquilo novamente, se pedisse mais uma vez, eu diria que sim.

– *Alyssa...* – ele estava implorando.

Eu estava prestes a gozar, prestes a gritar "Sim! Sim! Sim!"

– Promete que vai me deixar te foder daqui a duas semanas...

Como se a minha boca estivesse sob o comando dele e da sua voz, meus lábios inferiores se soltaram, preparando-se para dizer "sim", mas desliguei o telefone antes de fazê-lo.

De olhos fechados, deitei-me na cama e deixei as ondas de um longo orgasmo atravessarem meu corpo enquanto gritava os três "sim" que ele, agora, não podia ouvir. Quando, finalmente, parei de tremer, rolei para o lado e agarrei um travesseiro, puxando-o para perto do peito.

Antes que pudesse me forçar a dormir, ouvi o telefone vibrar debaixo do meu corpo.

Era uma mensagem de Thoreau: "*Vou entender isso como um sim. Quatorze dias*".

Ônus da prova (s. m.):

Dever, encargo ou obrigação de atestar a veracidade do fato nas questões jurídicas.

Andrew

– Contei que consegui o papel principal no teste que fiz? – perguntou Alyssa na manhã seguinte.

Eu estava conversando com ela desde que cheguei ao trabalho, mas não tinha feito nenhuma menção ao fato de ela ter desligado na minha cara na noite passada. Depois, eu a puniria duramente por isso.

Treze dias...

– Contei? – ela perguntou novamente.

– *Não*, e se você não for me dizer quando e onde acontecerá a apresentação, então não me interessa.

– Nossa! – Ela riu. – Você está irritado pela noite passada, não é mesmo?

– *Furioso.*

– Porque desliguei?

– Porque sei que você gritou "sim" enquanto gozava e desligou porque não queria que eu ouvisse.

Ela ficou em silêncio, e eu estava prestes a continuar, quando Jessica entrou sorrindo em minha sala.

– Espere um segundo – Coloquei o telefone no peito. – Pois não, Jessica?

– As entrevistas finais vão começar em vinte minutos. Precisam do senhor na sala de conferências agora.

– Estarei lá quando for a hora. – Ignorei o beijo que Jessica estava me mandando, esperei que fechasse a porta e continuei. – Tenho uma reunião agora, Alyssa; ligo pra você depois.

– Deve ser um mau momento para nós dois... Também tenho uma reunião.

– Seu cliente condenado?

– Não, algo bem pior. Uma entrevista de estágio.

– Deve ser uma epidemia, então... – Suspirei, enquanto deslizava os braços no paletó. – Eu também tenho de entrevistar alguns candidatos neste exato momento, infelizmente.

– Algum conselho que gostaria de compartilhar?

– Tente parecer que está realmente prestando atenção enquanto eles respondem às perguntas e certifique-se de que a bateria de seu celular esteja completa para poder entrar na internet.

– O conselho não é para mim... – Ela riu. – Para os estagiários. Algo que eu possa dizer-lhes caso estejam nervosos.

– Ah... – Dei de ombros. – Diga-lhes o meu lema.

– E qual é esse lema?

– "É o que é."

– Por que insisto em te perguntar as coisas, hein?

– Porque sempre digo a verdade. – Desliguei.

– Senhor Hamilton? – Jessica entrou em minha sala novamente. – Eles querem que o senhor dê uma olhada nos arquivos antes de começar.

– Estou logo atrás de você.

Segui-a até a sala de conferências, onde Will Greenwood e George Bach já estavam esperando, e sentei-me ao lado deles.

– É bom vê-lo fora de sua sala hoje, Andrew.

Will sorriu.

– É mesmo – completou George – Obrigado por dar o ar de sua graça nesta tarde. Sabemos o quanto você adora ser sociável.

Revirei os olhos.

– Por que é necessário que nós três façamos as entrevistas de estágio? Qual o propósito de ter um departamento de RH se *os sócios* fazem o trabalho deles?

– Isso é uma *família*, Andrew – disse severamente o senhor Greenwood – Seja um estagiário, uma secretária ou um jovem que faz a limpeza durante a noite, quero que todos se sintam como se fizessem parte de uma grande família. Você não?

– Não vou responder a isso – eu disse – Quantos vamos selecionar este ano?

– Não muitos. – Will me passou uma pasta. – Temos os cinco melhores. Só precisamos reduzir para três. Dois alunos de Direito e um de curso preparatório. Adicionaremos mais dois no próximo semestre.

– Hmmm. – Retirei os currículos da pasta e fingi prestar atenção, enquanto meus sócios conversavam sobre os candidatos.

– Jessica... – Will apertou o botão do interfone. – Pode mandar o primeiro candidato.

Quando a porta se abriu, eu esperava ver o habitual vestido simples e sério e o sorriso seco estampado no rosto inerte, mas a mulher que entrou estava longe disso. Usando um vestido cinza-claro justo nos quadris e saltos altos, era uma das mulheres mais gostosas que eu já vira; e eu simplesmente não conseguia tirar os olhos dela.

Seus olhos eram de um azul profundo, e combinavam com o colar de safira pendurado em seu pescoço. Os cabelos estavam presos em um rabo de cavalo baixo, alguns fios soltos pairando sobre os seios, e os lábios... aqueles lábios rosados, brilhantes e completamente deliciosos pareciam estar balbuciando algumas palavras quaisquer.

Não faço ideia do que você está falando...

Enquanto eu observava a alça do sutiã rosa que deslizara sobre o ombro nu, os olhos dela encontraram os meus. Levantei a sobrancelha e ela corou. Virou-se imediatamente em seguida, olhando para os meus sócios.

– Bem-vinda ao GB&H, senhorita Everhart – disse George – Estamos felizes que esteja aqui para uma entrevista mas, como deve saber, temos apenas uma vaga de estágio para alunos do curso preparatório em nosso programa neste momento.

– Compreendo, senhor. – Seus olhos encontraram os meus novamente e meu pau se contorceu dentro da calça.

Tentei controlar as imagens que inundavam meu pensamento. Eu me via inclinando aquela mulher sobre a mesa, fodendo-a contra a parede da minha sala e prendendo suas mãos para cima, torturando-a com minha língua a noite toda... Mas essas imagens não paravam. Surgiam uma depois da outra e, antes que eu pudesse perceber, já a havia despido e não havia mais ninguém na sala, apenas nós dois.

Mas que diabos há de errado comigo? Sentindo atração por uma potencial estagiária? Uma ESTUDANTE?

– Bem, vamos começar então – George interrompeu meus pensamentos – Senhor Hamilton, o senhor se importaria de fazer a primeira pergunta?

– De forma alguma – eu disse, tentando ignorar o fato de a senhorita Everhart estar alisando o vestido sobre as coxas.

George me cutucou por baixo da mesa e sussurrou baixinho:

– Família, Andrew... Família.

Revirei os olhos.

– Por que quer ser advogada, senhorita Everhart?

– Gosto de ferrar com as pessoas – ela disse – E acho que poderia ser muito bem paga por isso.

Meus lábios se curvaram em um sorriso, George e Will riram.

– Agora, falando sério, senhores – ela continuou – Venho de uma família de advogados e juízes. O Direito sempre fez parte da minha vida. Sei que o sistema de justiça está longe de ser perfeito, mas nada me deixa mais feliz do que tirar dele o melhor. Não há sentimento melhor que o de trabalhar para o bem da sociedade.

– Boa resposta – disse Will – Agora, vamos fazer algumas perguntas sobre os arquivos de casos reais que lhe enviamos. A senhorita conseguiu preencher tudo?

– Sim, senhor.

– Ótimo. Primeira pergunta: seu cliente entra em um banco portando no bolso uma arma de fogo carregada. Ao esbarrar em um estranho, a arma dispara, atingindo-lhe a perna. O que a senhorita aconselharia seu cliente a alegar diante das acusações da promotoria?

– *O* quê? – Olhei para ele. – Você poderia repetir a pergunta, Will?

– O enunciado?

– Tudo.

Ele balançou a cabeça e repetiu prontamente, colocando mais ênfase no fato de ser crime entrar em um banco portando uma arma de fogo carregada.

Minha mente imediatamente recuperou a conversa que tivera com Alyssa na noite anterior.

Sorri, pensando que talvez o "amigo" de Alyssa fosse alguma manchete no noticiário local, que talvez eu pudesse descobrir quem era ela sem que ela precisasse me dizer. Peguei o telefone e segurei-o debaixo da mesa, pesquisando na internet "homem atira em si mesmo em banco; Carolina do Norte".

A pesquisa não retornou nada relevante.

Hmmm...

– O que a senhorita alegaria, senhorita Everhart? – perguntou Will novamente.

– Não contestação – ela disse rapidamente.

– *Não contestação?* – Ele parecia ligeiramente impressionado. – Por quê?

– Ele não tem autorização de porte de arma, então, certamente, a promotoria tentará mostrar que ele levou a arma ao banco por algum motivo. Ainda que apenas ele tenha se machucado, já estará condenado, de modo que podemos tentar escapar do julgamento e diminuir a pena ao máximo possível.

Pisquei, recusando-me a acreditar que aquela resposta fosse mais que uma coincidência. Na verdade, assim que ela começou a explicar seu raciocínio, eu já sabia qual era; afinal, apenas um estudante começaria a falar sobre "apelo emocional" logo depois de uma alegação de não contestação.

Enquanto Will e George continuavam bombardeando-a com perguntas, pesquisei variações desse caso. "Homem dispara arma em banco"; "Não contestação em caso de homem que dispara arma em banco"; "Homem se fere em tiroteio em banco".

Nada.

– Senhorita Everhart, há algum advogado que sirva de inspiração para sua carreira? – perguntou George.

– Sim, na verdade há sim – ela disse – Sempre admirei a carreira de Liam Henderson.

– *Liam Henderson*? – Levantei a sobrancelha. – Quem é esse?

– Normalmente, os entrevistados citam o nome de algum juiz federal ou procurador bastante conhecido ou, às vezes, até de algum promotor que tenham na família. Mas um desconhecido? Nunca.

– Bem, ele entrou para a História como o advogado mais jovem a descobrir uma conspiração no governo e...

Parei de ouvir a resposta. Eu acabara de pensar em outra frase para procurar no Google.

– Interessante escolha, senhorita Everhart – disse Will – Tem outros mentores além dos membros da sua família?

– Tenho.

– A senhorita tem uma relação próxima com esse mentor? Se sim, com que frequência?

– Nós nos falamos quase todos os dias, então acredito que sejamos próximos.

Por que não aparece nada sobre esse caso? Se foi um tiro em banco federal, deveria estar em todos os jornais...

– E esse seu mentor estaria disposto a conversar conosco ou enviar uma carta de indicação? – perguntou Will.

Will, definitivamente, ficara impressionado com aquela mulher. A vaga era dela, e a segunda rodada de perguntas que ele ainda faria já se tornara totalmente desnecessária.

– Tenho certeza de que poderia pedir, caso seja necessário – ela disse quando eu estava começando uma nova pesquisa.

– Ótimo. Então, conte-nos qual foi o último conselho que seu mentor lhe deu?

Olhei para meu relógio. Assim que as entrevistas terminassem, eu ligaria para Alyssa para falar sobre esse caso. Talvez ela tivesse forjado alguns dos detalhes para continuar ocultando sua identidade.

– Quando eu disse que estava nervosa com a entrevista que faria... – a senhorita Everhart respondeu suavemente – ele me disse: "é o que é".

Ergui imediatamente a cabeça.

– Disse mesmo? – George levou a mão ao peito, rindo. – Isso parece algo que nosso Andrew aqui diria! – Deu um tapinha em meu ombro e completou: – Não é mesmo, Andrew?

– *Sim.* – Cerrei um pouco os olhos em direção à senhorita Everhart. – Isso parece exatamente algo que eu diria...

Ela colocou uma mecha de cabelo solta atrás da orelha.

– Com certeza direi a ele que alguém, de fato, gosta de seu estranho senso de humor.

– *Por favor, faça isso* – eu disse.

Observei-a responder às perguntas seguintes com facilidade, praticamente sem piscar os grandes olhos azuis quando elas se tornaram mais difíceis. E quanto mais eu a ouvia falar, mais encontrava familiaridades em seu discurso. Precisei me esforçar para manter a porra do controle.

Uma coincidência, tudo bem, mas duas? Porra, isso era praticamente impensável.

Enquanto meus sócios perguntavam suas citações favoritas, procurei o número de Alyssa e disquei. Eu sabia que, por algum motivo desconhecido por mim, ela *jamais* colocava o telefone no modo silencioso, e eu precisava saber se o que estava pensando era verdade ou se a minha mente estava me pregando uma peça cruel.

Pude ver meu telefone chamar, a tela contando os segundos, e quando o telefone chamou três vezes, deixei escapar um grande suspiro de alívio. Então, o som de um toque preencheu a sala.

– Sinto muito. – A senhorita Everhart corou e pegou a bolsa. – Por algum motivo estranho, nunca consigo colocar no modo silencioso... realmente achei que o tivesse deixado no carro. – Ela pegou o telefone e sorriu ligeiramente quando olhou para a tela e ignorou a chamada.

MAS. QUE. PORRA!

– Acontece o tempo todo – disse Will, rindo – Vamos continuar, sim? Foi bom ter acontecido isso, assim podemos passar para as perguntas finais. Quer dizer alguma coisa, Andrew?

Olhei para "Alyssa". Estava confuso, irritado e miseravelmente excitado, tudo de uma só vez, tudo ao mesmo tempo.

– Andrew?

– *Não*. – respondi, notando que o rosto dela estava novamente corando – Não tenho absolutamente nada a dizer.

Will e George levantaram-se e sorriram, estendendo a mão para cumprimentá-la. Eu, porém, permaneci sentado.

Não podia acreditar naquela merda.

Ela não era ruiva de olhos verdes, como dissera ao telefone, e estava *longe* de ser uma advogada formada... era uma *puta de uma mentirosa...*

– Senhor Hamilton? – Ela estava em pé na minha frente, com a mão estendida. – Obrigada pela entrevista. Foi um imenso prazer conhecê-lo.

– O prazer foi todo meu. – Apertei sua mão e me esforcei para ignorar a suavidade daquele toque. – Boa sorte.

Ela assentiu, despediu-se de nós três uma vez mais e deixou a sala.

Enquanto Will e George discutiam como estavam impressionados com aquela candidata, forcei-me a olhar novamente seu currículo: graduação dupla na Universidade de Duke, preparatório para Direito e Balé; uma perfeita média geral de 4.0; recentemente selecionada para o papel principal em *O lago dos cisnes*; recentemente classificada entre os dez melhores da turma. Havia *dez* cartas de recomendação em sua pasta, todas de advogados impecáveis, inclusive uma do promotor assistente recém-nomeado.

Para mim, tão surpreendente quanto suas realizações pessoais era a sua data de nascimento: ela tinha vinte e dois anos.

Vinte e dois anos, caralho.

E, mesmo que fosse a mais talentosa de todos os alunos, não estava nem perto de ser sênior.

Ela era a porra de uma *júnior...*

◆◆◆

Naquela noite, ignorei a mensagem de texto de Alyssa, que dizia o seguinte:

> – Se não tiver outro encontro infeliz para esta noite,
> me ligue assim que receber esta mensagem.

Eu estava furioso demais para dizer qualquer coisa. Depois de todas as horas que conversamos por telefone, de todas as vezes que eu dissera o quanto odiava gente mentirosa, mesmo assim ela havia mentido para mim. Repetidas vezes.

Eu queria votar contra a sua seleção para a vaga de estágio, mas não poderia. Terminada a última entrevista do dia, a decisão fora unânime: Aubrey Everhart.

No entanto, enquanto meus sócios pesavam freneticamente os prós e os contras de cada candidato, sentei-me lá, aturdido, furioso comigo mesmo por não ter percebido antes todas as mentiras de Aubrey.

Nos seis meses em que vínhamos nos falando, ela sempre me fizera perguntas um pouco simples demais, que às vezes me deixavam com uma pulga atrás da orelha, mas eu jamais pensara duas vezes sobre aquilo. Ela mencionara a Universidade de Duke algumas vezes, sempre demonstrando ter se formado lá, mas nunca falara muito sobre isso. Mas sua constante necessidade de aprovação dos pais e o conflito entre a dança e a carreira jurídica deveriam ter sido um aviso.

Naquele momento, ainda não tinha certeza de qual mentira me deixara mais chateado: sobre não ter carreira jurídica formada, sobre ainda estar na faculdade ou sobre sua aparência física.

Virando meu sexto drinque da noite, percebi que essa última mentira, embora irrelevante no quadro geral, fora a que mais me atingira. Ela, definitivamente, era o meu "tipo", e no segundo em que entrara na sala para a entrevista, eu a desejei, antes de descobrir quem realmente era, antes mesmo de descobrir sua idade.

Enquanto virava outro drinque, ouvi o telefone tocar. *Era ela.*

Revirei os olhos e deixei-o na mesa. Peguei um dos meus últimos charutos cubanos e fui até a sacada. Precisava pensar.

Não havia estrelas nesta noite; o céu era quase um breu e a Lua se escondia atrás de uma cortina de nuvens escuras. Por mais que não quisesse admitir, aquele céu assemelhava-se terrivelmente ao de uma certa noite, seis anos atrás.

Aquela foi a noite em que minha vida mudou para sempre. A noite que me deixou partido, despedaçado, entorpecido. Tudo por causa de mentiras, uma série de mentiras devastadoras e inconcebíveis.

Esforcei-me para impedir que aquelas memórias retornassem do inferno onde estavam enterradas, porém, ainda assim, pude ouvir aquela voz tensa e áspera em minha cabeça: "*Andrew... Você precisa me ajudar... Você precisa me tirar daqui... Por favor... Salve-me, Andrew...*".

Balancei a cabeça e bloqueei o resto da lembrança. Diferentemente de seis anos atrás, agora *eu* estava no controle da situação, e o fato de "Alyssa" ter mentido para mim significava que a nossa amizade terminara. Ponto.

Não havia justificativa para o que ela fizera, mas antes de cortá-la de vez da minha vida, eu tinha de fazê-la pagar por ter mentido para mim e precisava descobrir *como*.

Condenação (s. f.):

Declaração formal de que alguém é culpado de uma acusação criminal.

Andrew

– Senhor Hamilton?

Duas semanas haviam se passado, e agora Aubrey colocava o café sobre a minha mesa. Insisti pessoalmente para que fosse minha estagiária, apesar do simples fato de que olhar para a cara dela me deixava completamente furioso.

Eu decidira não falar muito com ela, abster-me de encará-la muito, e não consegui evitar ser mais cruel do que nunca, desdenhoso até. Deixei-a responsável por meu café diário, exigia que refizesse pelo menos três vezes cada tarefa dada, e, sempre que pedia a minha ajuda, respondia-lhe com um imparcial "se vira".

Ela nunca parecia chateada ou ofendida com a minha crueldade, o que me deixava ainda mais irritado. Pensei que fazê-la trabalhar para mim e vê-la rachar sob pressão fosse fazer minha atração desaparecer, mas ela apenas se intensificava a cada vez que eu via seu rosto.

Especialmente hoje.

Quando puxei meu café para mais perto, notei que os mamilos dela estavam acesos debaixo do vestido bege e fino, tão fino e apertado que eu podia ver a marca da calcinha de renda.

Porra...

– Senhor Hamilton? – ela perguntou novamente.

– Sim, senhorita Everhart?

– Tenho um ensaio importante do balé de que faço parte, então estava pensando... – Ela parecia completamente nervosa. – Posso sair mais cedo hoje?

– *Não.*

Ela suspirou.

– Eu realmente preciso participar desse ensaio... Será no Grand Hall.

– E?

– *E...* – ela disse, limpando a garganta – com todo respeito, *senhor Hamilton*, isso é muito importante para mim. O Grand Hall geralmente é reservado apenas para as apresentações, então o fato de eles o abrirem e nos deixarem usá-lo para um ensaio é...

Eu já não estava escutando e, por mais que quisesse me concentrar em meu trabalho e deixar claro que ela estava falando sozinha, não consegui. Eu estava muito ocupado olhando os contornos daquela boca.

– Isso é um fato. – por algum motivo, ela ainda estava falando – Acho que me justifiquei o suficiente e, já que não estou pedindo muito, o senhor deveria concordar e me deixar ir.

– Volte ao trabalho, senhorita Everhart.

– Senhor Hamilton, por favor...

– Volte. Ao. Trabalho. – Encarei-a, desafiando-a a deixar outra palavra escorregar para fora daquela boca sedutora. – Sua vida pessoal não me interessa. Eu lhe pago por 25 horas por semana, então a senhorita vai cumprir *25 horas por semana* e vai cumpri-las quando eu quiser que as cumpra. Agora, volte para o seu lugar.

Ela olhou para mim por alguns segundos e não pude deixar de notar que lágrimas brotaram em seus olhos.

– Pode levar essa caixa de lenços de papel quando sair – eu disse.

Balançando a cabeça, ela deu um passo para trás e se dirigiu para a porta.

– Com todo o respeito ao senhor, vou pedir essa dispensa ao senhor Bach.

– *Como é que é?* – Levantei da cadeira. – O que você acabou de dizer?

Ela continuou andando em direção à porta, o som dos saltos batendo mais e mais rápido no assoalho. Antes que pudesse girar a maçaneta, alcancei-a e bati a mão contra a porta.

– Não gosto muito de insubordinação, senhorita Everhart.

– O senhor não terá de se preocupar mais com isso. – O rosto dela estava ruborizado, tomado de raiva. – Vou pedir ao senhor Bach para me transferir, porque me recuso a trabalhar com o senhor.

– Boa sorte com isso. Ninguém mais a queria. *Só eu.*

– Duvido. – Ela tentou se afastar, mas agarrei suas mãos e as prendi acima da cabeça dela. – Eu era a melhor candidata e você sabe disso, merda – ela sibilou – E uma vez que ambos sabemos desse fato, não tenho mais que aturar sua merda. – Ela olhou como se quisesse cuspir na minha cara. – Você é um imbecil cruel, frio e intolerante, e eu não aprendi merda nenhuma com você. Duvido que algum dia vá aprender.

– Cuidado com sua maldita boca. Ainda sou seu chefe.

– *Era* meu chefe.

Apertei ainda mais seus pulsos e olhei-a diretamente nos olhos, pressionando o peito contra seus seios.

– Deixe-me dizer o que está prestes a acontecer, *Aubrey*. Você vai voltar para o seu lugar e vai ficar lá até o fim do dia. Depois, vai levantar a bunda da cadeira e me trazer outra xícara de café. Dirá ao diretor da porra do seu balé que só vai aparecer depois de fazer o seu trabalho e não dirá nada ao senhor Bach, porque aqui nesta firma não temos a política de transferir estagiários só porque eles choram de vez em quando.

– Acho que para tudo sempre há uma primeira vez. – Ela me encarou de volta, estreitando os olhos enquanto seu peito arfava.

– Aubrey...

– Solte-me antes que eu comece a *gritar*, senhor Hamilton. Eu não estava ouvindo nada que o senhor acabou de dizer, então sugiro...

Forcei meus lábios contra os dela, fazendo-a finalmente calar a boca. Mantive as mãos fortemente apertadas em volta de seus pulsos e, com o quadril, pressionei seu corpo contra a porta.

Ela murmurou quando escorreguei minha língua em sua boca, quando mordi seu lábio inferior tão forte quanto podia. Sem pensar, soltei seus pulsos e agarrei-lhe a cintura, puxando-a firmemente contra mim, enquanto minha mão escorregava por baixo de sua saia.

Deslizei a mão por cima de sua calcinha, tocando a renda, antes de empurrá-la para o lado devagar e mergulhar um dedo profundamente em sua boceta.

– Ah... – ela gemeu, fazendo-me morder novamente seu lábio e usar dois dedos em vez de um.

Ela estava molhada, *encharcada*, e por mais que eu quisesse fodê-la absurdamente contra a porta da minha sala até fazê-la esquecer seu próprio nome, afastei minha boca.

– Caia fora da minha sala.

– *O quê?* – ela perguntou, ofegante, os olhos arregalados de surpresa.

– Vá para o seu ensaio *importante*.

– Senhor Ham...

– Vá logo antes que eu mude de ideia. – Estendi o braço ao lado dela e abri a porta. – *Vá*.

Ela não hesitou em passar por mim, e assim que havia partido eu sabia bem que aquela merda toda não funcionaria por muito mais tempo. Ou ela teria de ser transferida ou eu teria de demiti-la, e rápido.

Horas depois, quando estava no meio do trabalho, percebi que tinha recebido uma nova mensagem de Alyssa. Revirei os olhos e troquei mentalmente seu nome para "Aubrey" antes de lê-la.

> – Por onde tem andado nas últimas duas semanas? Você está bem? Liguei e mandei mensagem, mas você não respondeu. Estou realmente preocupada... Se receber isso, dê um sinal, qualquer sinal.

Eu não queria responder, mas, com o sabor da sua boca ainda em meus lábios, cedi:

> – Estou bem. Acabei de fazer uma grande descoberta e estou tentando entender como lidar com isso.

- Algo grave?

- MUITO grave.

- Sinto muito... Quer saber o que vai fazê-lo se sentir melhor?

- Duvido que qualquer coisa que você me diga possa fazer isso agora.

- Quer apostar?

- Experimente.

- Meu chefe acabou de me beijar de uma forma que me tirou de mim. Acho que é por isso que ele é tão rude comigo: ele quer me foder...

- Eu realmente não acho que o seu "chefe" quer te foder...

- Definitivamente, quer. Seu pau estava duro como uma pedra quando estava me beijando, e ele mordia meus lábios e me agarrava como se quisesse me possuir... Nunca fiquei tão molhada em minha vida...

Hesitei.

- Como, exatamente, isso deve fazer eu me sentir melhor?

- Eu estava fingindo que ele era você o tempo todo. Sinto sua falta.

Desliguei imediatamente o celular. Eu não sabia que tipo de artimanha ela estava tramando, mas eu não cairia naquela. *Eu estava fingindo que ele era você... Sinto sua falta...* Merda nenhuma!

Decidi que não responderia às ligações ou mensagens dela por um longo tempo, apesar daquela boca sexy pra caralho que ela tinha.

Interrogatório (s. m.):

Indagação de uma testemunha convocada
pelo advogado da outra parte.

Aubrey

Eu não conseguia parar de pensar na forma como o senhor Hamilton me beijara naquele dia, no modo como me puxara contra seu peito e fodera meus lábios com a sua boca.

A imagem dele me beijando tem invadido a minha mente o dia todo, e mesmo agora, quando estou preparando sua xícara de café, tenho vontade de ir até a mesa dele e desafiá-lo a me beijar outra vez.

Desde que me tornei sua estagiária, ele tem sido muito rude comigo, indiferente até, mas pensei que se tratasse de uma técnica de treinamento, uma maneira de ver como eu me sairia sob pressão. Isso até ele me beijar.

Havia algo intangível em seu beijo; palavras não ditas, um desejo reprimido. Várias vezes flagrei-o olhando para mim com um certo ar de desprezo, e isso me fez pensar que aqueles olhares se misturavam com desejo, que significavam um pouco mais.

Coloquei uma colher de plástico no copo e limpei a garganta.

– O senhor precisa de mais alguma coisa, senhor Hamilton?

Nenhuma resposta.

Permaneci imóvel, esperando que olhasse para mim. Queria ver seu rosto.

O terno cinza-escuro de três peças que ele usava hoje, combinando com uma gravata de seda prateada, deixava-o ainda mais devastadoramente gostoso do que normalmente já era.

– Algum problema, senhorita Everhart? – Ele cerrou os punhos sobre a mesa, esforçando-se para agir como se a minha presença não o incomodasse. Mas incomodava, eu tinha certeza.

Eu sabia que ele olharia para cima a qualquer momento, de modo que dei um passo para trás, certificando-me de que o vestido azul-claro que estava usando especialmente para ele ficasse à mostra, mas ele manteve os olhos abaixados.

– Não, senhor.

– Então, caia fora da minha sala. Vou precisar do relatório sobre Brownstein com a minha próxima xícara de café. Às quatro em ponto.

– Mas o senhor me entregou aquele relatório ontem, dizendo que eu poderia levar todo o tempo que precisasse.

– A senhorita deve ter entendido errado. A senhorita pode levar todo o tempo que precisar *hoje*. As coisas mudam de uma hora para outra por aqui, e é exatamente por isso que alguns de nós nunca saem mais cedo. Às quatro em ponto.

Fiquei ali parada, completamente sem palavras. Não havia nenhuma possibilidade de eu conseguir ler e resumir um relatório de trezentas páginas até o fim do dia.

– A senhorita perdeu a audição de ontem para cá? – Ele finalmente olhou para cima, seu rosto perfeito e inexpressivo. – Preciso de silêncio absoluto quando trabalho e não consigo me concentrar com sua respiração pesada. – Ele estreitou os olhos em minha direção. – Saia, termine o relatório e traga-o para mim com o meu café. Se não fizer isso, está demitida.

Instantaneamente, concluí que ele era bipolar e que aquele beijo, apesar de ter parecido demonstrar alguma espécie de ligação, não passara de um erro. Virei-me, deixei sua sala e corri para a sala de descanso.

Não havia nenhuma possibilidade de eu terminar aquele relatório até o fim do dia.

Peguei o telefone, percorri minhas mensagens e percebi que Thoreau não havia respondido às que eu enviara pela manhã. Suspirando, decidi telefonar. Precisava que alguém me dissesse que a minha vida não terminaria no fim do dia, quando eu fosse demitida.

O telefone tocou uma vez.

Duas vezes.

A ligação foi direcionada para a caixa postal.

Ele ignorou?!

Enviei-lhe uma mensagem.

> – O que diabos há de errado com você ultimamente? É sua falta de sexo que o está forçando a agir como um idiota comigo? A abstinência é TÃO GRANDE assim? Fale comigo!

Esperei por uma resposta, mas ela não veio. Então, desabei no sofá. Não havia um motivo sequer para eu tentar terminar aquele relatório. Simplesmente, me sentaria ali, relaxaria, e, quando fossem cinco da tarde, recolheria todas as minhas coisas e iria embora.

Eu poderia encontrar outro estágio em duas semanas ou, no pior dos casos, pedir ao chefe de departamento para acompanhar minha mãe e meu pai em sua enfadonha firma para cumprir os créditos da disciplina.

Ah... Deus...

Fechei os olhos e recostei-me na almofada, querendo adormecer.

– Aubrey? – Alguém sacudiu meu ombro quando eu estava quase dormindo.

– Sim? – Abri os olhos e dei de cara com Jessica.

– Estou procurando você há horas; o senhor Hamilton pediu para chamá-la.

Levantei a sobrancelha.

– Mais café?

– Provavelmente. – Ela deu de ombros. – Ele tem estado um pouco desligado ultimamente. Venha, vamos logo. Você não quer deixá-lo furioso, não é mesmo? – Jessica abriu a porta, enquanto eu me levantava e me preparava para segui-la.

Perguntei-me se deveria acompanhá-la, mas a possibilidade de ver a cara dele quando eu dissesse "Foda-se, eu me demito!" era algo muito bom para eu deixar passar. Forcei um sorriso e bati na porta.

– Entre – sua voz era séria.

Entrei, esperando vê-lo segurando uma xícara de café vazia, mas ele estava sentado, e me encarava.

– Sente-se – disse.

Sentei-me à sua frente, esperando alguma crítica qualquer, mais uma de suas reações bipolares, mas ele não fez nada disso. Apenas me encarou.

Eu odiava a reação que ele estava causando em meu corpo agora e, por mais que eu quisesse perguntar a ele o que queria, não conseguia fazer a porra da minha boca dizer nenhuma palavra.

Sem se dirigir a mim, levantou-se repentinamente, deu a volta na mesa e sentou-se na beirada, com seus joelhos tocando levemente os meus.

– Advogados devem ter integridade, não é mesmo? – sussurrou.

– Sim.

– A senhorita acha que tem integridade, *senhorita Everhart*? – continuou, enfatizando cada sílaba do meu nome.

– Sim.

– Hmmm... – ele murmurou, inclinando-se para a frente – Então, a senhorita jamais esconderia voluntariamente a verdade de alguém com quem supostamente se importa?

– Depende... – Minha respiração ficou presa na garganta e meu coração disparou dentro do peito.

– *Depende?* – inquiriu, sentando-se um pouco para trás – Depende de quê?

– Se a verdade for prejudicar ou ferir alguém desnecessariamente, então creio ter o direito de escondê-la.

– Mas e se alguém lhe pedisse a verdade insistentemente? E se alguém dissesse "quero que você me diga a verdade, independente do quanto ela machuque ou se pode me deixar furioso?".

Onde ele está querendo chegar com tudo isso?

– O senhor está se referindo a uma potencial testemunha mudar o depoimento no tribunal, senhor Hamilton?

– Não... – Ele arrastou os dedos por minha clavícula, deixando-me em chamas. – Isso é uma pergunta *pessoal*. Preciso de uma opinião externa. Responda à pergunta.

– Bem, acho que... – Inspirei profundamente quando ele colocou a mão na minha coxa e dedilhou sobre a minha saia. – Acho que certas mentiras precisam ser ditas e que certas verdades precisam ser mantidas. A condenação final depende daqueles capazes de discernir qual é qual.

– Então, a senhorita acredita em benefício da dúvida?

– Em certos casos, sim...

– E no *nosso* caso? – Sua mão escorregou lentamente por baixo da minha saia, subindo mais e mais pela minha coxa.

– *Nosso* caso?

– Sim – ele disse – Creio que estamos atualmente presos em uma lamentável teia de mentiras.

– Não... – eu disse, sem fôlego e confusa – Não estamos presos em uma teia de mentiras...

– Definitivamente estamos, *Alyssa*. – Ele me puxou para a frente, pelo colar de pérolas em volta do meu pescoço. – É o caso de uma mulher que fez amizade on-line comigo, mas que acabou se mostrando uma pessoa completamente diferente daquilo que disse ser. Portanto, nesse caso... *nosso caso*, o que a senhorita acha sobre o benefício da dúvida?

Ofegante, pude sentir meu rosto empalidecer. Meu coração não estava mais acelerado, agora debatia-se descontrolado, pronto para saltar do peito. Meus olhos, estarrecidos, arregalaram-se.

– Você cobriu seus rastros muito bem por bastante tempo, então, vou dar um desconto – ele continuou – Mas pensei que tivéssemos discutido bastante sobre o que penso sobre mentirosos, não discutimos?

Murmurei alguma coisa quando ele apertou ainda mais meu colar, puxando-me para mais perto, até que nossas bocas ficassem a um centímetro uma da outra.

– Pretende me responder isso, *Aubrey*? Não está cansada desses joguinhos, caralho?

– Eu... nunca pensei que... – eu gaguejava, tentando desviar o olhar, mas ele me segurava de tal forma que me impedia qualquer movimento – Sinto muito...

Ele não disse mais nada, apenas olhou dentro dos meus olhos em busca de algo que, todavia, não estava lá. Depois, baixou a voz e inclinou-se para trás.

– Uma vez que alguém mente para mim, esse alguém morre para mim. Para sempre. Lembra-se de eu te dizer isso?

– Sim...

– Então você sempre esteve disposta a sacrificar nossa amizade com mais mentiras?

– Nunca pretendi conhecê-lo pessoalmente...

– Posso ver claramente – ele sibilou.

– Se eu soubesse quem você realmente era... – Eu estava desmoronando na frente dele; aquilo era demais para um único dia. – Eu nunca teria...

– Poupe-me – ele me cortou – Já ouvi o suficiente sobre o que você pensa sobre *mentir*. Como não compartilhamos o mesmo ponto de vista, você não é digna de ser minha estagiária. Vai trabalhar como assistente da minha secretária até nova ordem.

– Está me *rebaixando*?

– Não se trata de um rebaixamento, mas de uma forma de mantê-la fora da minha vista.

Meu coração desmoronou.

– Nosso relacionamento on-line, ou seja lá que bosta era aquela, acabou – ele disse – Não quero nem ouvir falar de você fora dessas paredes de novo.

– *Thoreau...*

– É senhor Hamilton, senhorita Everhart – disse, olhando para mim – *Senhor Hamilton.*

– Você precisa acreditar que sinto muito... Jamais pensei que isso pudesse acontecer.

– Leve o tempo que precisar no relatório sobre Brownstein – ele disse, ignorando meu pedido de desculpas e soltando meu colar – A senhorita tem até o fim da próxima semana.

E, a partir de agora, pode deixar meu café lá fora. Não preciso que se aproxime da minha sala.

– Andrew...

– Nós, definitivamente, *não* temos um relacionamento que permita o uso do primeiro nome. Nunca mais me chame assim.

– Só me deixe explicar...

– Não há *nada* para explicar. Você mentiu para mim e não existe mais. Saia. Agora.

Senti lágrimas brotarem em meus olhos.

– Fui sincera quando disse que você é meu único amigo... Amigos, supostamente, devem dar um ao outro a chance de corrigir as coisas. Deixe-me explicar porque tive de mentir para você...

– Não lido com mentirosos. *Jamais*. E, vendo que isso é exatamente o que você é, não dou a mínima para o motivo que a levou a sentir necessidade de me enganar. Saia da minha sala, fique o mais longe possível dos meus olhos e faça a porra do seu trabalho.

Levantei-me e olhei em seus olhos, implorando para que apenas me escutasse, me deixasse explicar, mas ele se afastou de mim. Então, pegou o telefone.

– Jessica? – disse – Você poderia ajudar a senhorita Everhart a encontrar a saída da minha sala? E, por favor, peça ao zelador para verificar se tem alguma porra de supercola no meu piso.

◆◆◆

Sob os jatos escaldantes do chuveiro, eu chorava. Assim que deixei a sala de Andrew, disse ao setor de RH que não estava me sentindo bem e que precisava tirar o resto do dia.

Eu dirigira direto para a escola de dança, onde me tranquei em uma sala reservada e dancei até não mais sentir meus pés. Sei que meus colegas devem ter me achado uma louca, soluçando entre cada movimento, mas não importa. Eu precisava limpar minha mente de todos os pensamentos de Andrew, Thoreau e Alyssa.

Enquanto a água chicoteava incessantemente a minha pele, fechei os olhos e murmurei: "Há quanto tempo ele sabe?". Pensei nas duas últimas semanas, em como "Thoreau" fora menos falante que o normal, em como me ignorara e, então, me dei conta.

A entrevista...

Eu ainda me lembrava daquela ocasião, porque ver Andrew pessoalmente me fez perceber que nenhuma fotografia seria capaz de capturar com precisão o quão sexy ele realmente é e como eu corara no segundo em que seus olhos se encontraram com os meus. Ele parecia agir normalmente durante a entrevista, mas, então, lembrei-me daquele telefonema inesperado...

Não sabia bem por que me lembrava disso exatamente agora; só sei que, enquanto o senhor Bach e o senhor Greenwood tinham visto com naturalidade aquele telefonema intrusivo, Andrew me encarara, como se estivesse completamente chocado. E no final da entrevista, quando estendi a mão para cumprimentá-lo, seu olhar não estava mais intrigado, mas enfurecido.

Enxuguei as lágrimas, fechei o chuveiro e saí. Enrolei-me em uma toalha e fiz o que sempre fazia quando me sentia triste: pedi um sanduíche e preparei alguns martinis.

Estava tomando o primeiro martini quando alguém bateu na porta. Percebi as chaves rosa sobre o balcão, cortesia da minha esquecida e sempre ausente companheira de quarto, e imaginei que fosse ela.

Ela sempre esquece alguma coisa...

– Será que você morreria se verificasse que pegou as chaves antes de... – parei no meio da frase quando abri a porta.

Era Andrew, com uma expressão de fúria no rosto. Em vez de um terno perfeito, ele vestia uma camiseta branca simples e fina, que se agarrava ao seu abdômen esculpido, e um par de jeans desbotados.

Tentei bater a porta na cara dele, mas ele a segurou e forçou-se para dentro do meu apartamento. Comecei a dar passos para trás, enquanto ele caminhava em minha direção até me deixar literalmente contra a parede.

– Precisamos conversar – sua voz era baixa e sem nenhuma emoção.

– Não, não precisamos. Você já disse tudo mais cedo. – Olhei para o chão. – Não se preocupe, vou pedir demissão amanhã de manhã. Agora, por favor, saia.

Ele puxou meu queixo para cima e olhou em meus olhos.

– Você não vai pedir demissão.

– *Espere para ver*. – Engoli em seco. – Quero que você saia.

– Eu acreditaria nisso se não soubesse que você diz coisas o tempo todo, mesmo que elas não signifiquem nada para você.

A tensão entre nós era palpável e eu já podia sentir meu sangue se esquentando mais e mais a cada segundo que ele continuava ali me encarando. Tentei me afastar, mas ele me agarrou pelos quadris.

– Você disse que era advogada, Aubrey... – ele continuou, sua voz gotejando rancor – Disse que tinha 27 anos.

– Eu nunca *disse* que tinha 27 anos. Você supôs isso...

– Estava escrito na porra do seu perfil! – Ele me empurrou contra a parede. – Nunca passou pela sua cabeça me corrigir quando eu dizia que era apenas cinco anos mais velho que você? Eu sou dez anos mais velho que você!

– Jamais pensei que fosse conhecê-lo pessoalmente... – mal consegui dizer isso com o peito dele pressionado contra o meu.

– Acha que isso desculpa suas mentiras?

– Eu disse que sentia muito e, obviamente, foi um grande erro ter me tornado sua amiga. Você nem sequer me deu a chance de terminar minhas explicações!

– Você não entende a porra dessa situação?

– Não... – murmurei enquanto nossos lábios se tocavam.

– Estava ansioso para foder a mulher que vinha me provocando todas as noites há quase seis meses – ele sussurrou, deslizando os dedos por baixo da minha toalha – Estava ansioso para vê-la cavalgar em mim... – Ele arrastou a mão em minha coxa e esfregou o polegar em meu clitóris. – Para montar no meu pau, na minha boca. Ansioso para ensiná-la a provar meu corpo... Você não acha que fodeu com tudo isso?

Balancei a cabeça como resposta. Eu não conseguia suportar o jeito que ele olhava para mim.

– Você disse que não era o meu tipo quando perguntei como era fisicamente. – Ele se afastou da minha boca, mas manteve o polegar em meu clitóris. – Mas, obviamente, você é. Por que mentiu a respeito de algo tão simples assim?

– Você não me disse como era, então...

– Pare de mudar de assunto... – ele sussurrou, dando um passo para trás – Explique-me seu raciocínio. Já sei qual foi para as outras mentiras; aliás, nenhum advogado que se preze deixaria outro advogado fazer o seu trabalho!

– E só um imbecil egocêntrico querendo parecer mais profundo do que realmente é chamaria a si mesmo de *Thoreau*.

– É bom, finalmente, ver a versão de você de que me lembro. – Ele deu outro passo para trás e cruzou os braços. – Responda à minha pergunta.

– *Foda-se.* – zombei – Eu disse que estava arrependida, implorei para que me ouvisse e agora, quando sente vontade, acha que pode invadir meu apartamento e *me forçar* a falar?

– Não a forcei a nada – Ele sorriu. – Ainda.

Silêncio.

Ele se encostou na parede, esperando que eu falasse, mas eu não conseguia dizer uma palavra sequer.

Não olhe para ele... Não olhe para ele...

Como se soubesse o poder que seu olhar tinha sobre mim, ele sorriu e pegou um de meus martinis improvisados.

Levantou uma cereja da bebida e colocou-a contra os lábios.

– Pretende ficar aí parada a noite toda olhando para mim ou vai responder à minha pergunta?

– Não – eu disse, finalmente desviando o olhar – Depois da forma como você me tratou em sua sala hoje, não te devo porra nenhuma. Por mim, você pode ficar aí a noite toda. – Caminhei em direção ao quarto. – Tem até um sanduíche a caminho, se quiser...

Minha respiração ficou presa na garganta quando ele me agarrou por trás e me puxou contra seu peito, rapidamente me virando para que ficássemos frente a frente. Em seguida, arrancou a toalha do meu corpo e atirou-a no chão.

A cereja que ele pegara do meu martini e que estava em sua boca era, agora, levemente pressionada contra meus lábios, uma ordem silenciosa para que eu abrisse a boca e a comesse.

Estiquei a língua para pegá-la, mas, antes de deslizá-la para mim, ele sussurrou:

– Não é para mastigar... Quero ver você *engolindo*.

Ofegante, fiz o que ele ordenara e engoli a cereja.

– Boa menina! – disse ele, afrouxando um pouco as mãos grandes em minha cintura – Agora, dê um passo para trás e segure a parede.

– *O quê?*

Ele me empurrou contra a parede antes que eu pudesse respirar, agarrou as minhas mãos e levantou-as sobre a minha cabeça.

– Segure a parede...

Balancei a cabeça, apertando as mãos contra a superfície fria.

Com uma expressão de "não foda comigo" no rosto, ele sugou meu lábio inferior e falou baixinho:

– Vou fazer você se arrepender se largar essa parede.

– Sim...

– Cale a boca, isso não foi uma pergunta. – A expressão em seu rosto suavizou-se, e eu tinha certeza que ele podia ouvir os batimentos dentro do meu peito.

Fechei os olhos enquanto ele corria as mãos para cima e para baixo nas laterais do meu corpo.

Através do jeans que ele usava, senti seu pau endurecer quando ele desceu os beijos até meus seios e passou a língua em volta dos mamilos.

Enquanto sua boca descia mais e mais, suas mãos acariciavam cada centímetro do meu corpo.

– *Thoreau...* – Engoli em seco quando sua língua deslizou dentro das minhas coxas.

– Meu nome é *Andrew*. – Ele ficou de joelhos. – Paramos de brincar esse jogo. – Ele prendeu minhas pernas com as mãos e pressionou a boca contra a minha boceta, lambendo-a delicadamente, massageando o clitóris com o polegar.

Tentei não gemer muito alto, mantendo-me segura, mas cada vez que ele movia a língua, minha boca deixava escapar algum som.

– Você está molhada pra caralho... – ele gemeu – *Molhada pra caralho...*

Ao dizer isso, ele escorregou dois grossos dedos dentro de mim, enterrando-os o mais profundo que podia. Meus olhos se abriram quando ele acrescentou um terceiro dedo, sussurrando:

– *Tão apertadinha...*

– *Ahhh... Andrew...* – desisti de tentar ficar calada.

– Sim? – Ele lentamente tirou os dedos de dentro de mim e olhou para cima, esperando que eu dissesse alguma coisa, mas era impossível me concentrar quando ele olhava para mim daquele jeito.

Sem outros beijos preliminares, ele enterrou a cabeça entre as minhas pernas e devorou minha boceta.

– *Ah!...* – eu gritava em indescritível prazer – *Ah! Meu Deus! Andrew... espereee... devagar...*

Mas ele me ignorava e continuava mergulhando a língua cada vez mais dentro de mim.

Acabei me soltando da parede e deixei que as mãos caíssem na cabeça dele, agarrando punhados de cabelo para manter o equilíbrio. Quanto mais forte eu puxava os seus cabelos, mais impiedosamente a língua dele chicoteava contra a minha boceta.

De repente, ouvi alguém bater forte na porta, mas Andrew não se incomodou em parar. Em vez disso, levantou a minha perna direita, colocando-a sobre o ombro e, segurando a minha coxa de modo que eu ficasse impossibilitada de me mover, deslizou a língua para dentro de mim um pouco mais profundamente, lambendo cada canto das minhas paredes vaginais.

À beira de gozar, agarrei seus ombros, minha boceta latejando contra a sua boca. Mas ele parou abruptamente.

Tirando a minha perna de seu ombro, ele subiu lentamente, beijando cada centímetro do meu corpo até alcançar meus seios intumescidos. Segurou-os com uma mão e, bruscamente, torceu meus mamilos.

– Eu mandei não largar aquela parede – ele disse, olhando para mim enquanto abria o zíper da calça.

Olhei em seus olhos, já quase sem fôlego.

– Mandei, *não mandei*? – Ele apertou minha mão, pressionando-a contra seu peito, movendo-a lentamente cada vez mais para baixo.

Quando minha mão finalmente alcançou seu pau, olhei para baixo completamente estarrecida: era enorme, muito grosso, e fiquei de queixo caído.

– Não gostou? – ele disse, sorrindo, quando inclinou meu queixo para cima.

Eu estava completamente sem palavras, mas não podia negar como ficara excitada naquele momento. Lembrando-me do que me dissera ao telefone, abaixei a cabeça para saboreá-lo, mas ele me impediu.

– *Hoje não* – disse, puxando um preservativo do bolso e mantendo os olhos em mim enquanto o colocava.

Levou-me até o sofá, sentou-se e me puxou para o seu colo.

Inclinei-me para beijar seus lábios, mas ele rapidamente me reposicionou, de modo que eu ficasse de costas. Então, começou a me provocar com a cabeça daquele pau enorme, esfregando-a na minha abertura, mais e mais.

– Lembra-se de como disse que queria montar em mim até me fazer gozar dentro de você? – ele sussurrou em meu ouvido – De como queria cavalgar em mim até que eu implorasse para você parar?

– *Sim...* – gemi.

Ele me empurrou pelos ombros e me penetrou, enterrando o pau até o fim, centímetro por centímetro. Quanto mais eu deslizava sobre ele, mais ele gemia e dizia meu nome.

Quando estava completamente dentro de mim, manteve-me parada e pressionou os lábios na parte de trás do meu pescoço, permitindo que eu me acostumasse um pouco com o tamanho.

A sensação dele dentro de mim não se parecia com nada que eu tivesse sentido antes. Era intensa, poderosa, viciante.

– *Cavalgue em mim, Aubrey...* – Ele me empurrou para frente. – *Cavalgue em mim, caralho!*

Respirei fundo e me balancei contra ele, lentamente, distendendo minha vagina mais e mais. Eu mal conseguia manter um ritmo, a plenitude era quase demais, e ele ainda estava dedilhando meu clitóris com o polegar, deixando-me completamente louca.

– Você está gostosa pra caralho agora. – Ele me puxou pelos cabelos. – Não pare, porra.

Segurei suas pernas para me equilibrar, movendo meu corpo ligeiramente para cima e para baixo. Tentei, finalmente, estabelecer um ritmo, assumir o controle.

– *Andrewww*... – Eu não aguentava mais. – Eu vou... Eu estou quase gozando...

– Não. – Ele agarrou meus quadris mais forte do que nunca. – Ainda não.

De repente, ele se levantou, comigo ainda empalada em seu pau, e me dobrou.

– Agarre aquela mesa e não solte.

Meus dedos agarraram a borda da mesa de centro e ele estocou de novo e de novo, dando tapas em minha bunda, castigando-me a cada vez que eu gritava.

– Eu disse que *possuiria* sua boceta – ele sussurrou severamente – Não vai gozar até eu mandar você gozar, caralho... – O pau dele estava pulsando dentro de mim e os músculos da minha boceta apertavam-se a cada estocada.

– Ai... caralho...! – Minhas pernas começavam a ceder quando uma pressão intensa se erigiu dentro de mim enquanto ele me fodia implacavelmente. – Andrewwwww...

– Não goze. – ele advertiu, mas eu não pude evitar.

Meu orgasmo tomou conta de mim e desmoronei, caindo para a frente. Antes que eu pudesse bater o rosto na mesa de centro, ele me puxou de volta e continuou estocando, enfiando aquele pau enorme em mim até, finalmente, gozar também.

Fechei os olhos e me deitei sobre ele, ofegando pesadamente, enquanto tentávamos recuperar o fôlego. Alguns minutos depois, Andrew levantou delicadamente meus quadris e tirou seu pau de dentro de mim.

Levantou-se e o observei ir à cozinha e jogar o preservativo no lixo. Em seguida, pegou a toalha, que minutos antes arrancara do meu corpo, e se aproximou.

Não fiz nenhum movimento para me levantar, apenas enrolei a toalha em volta do corpo.

– Existe alguma coisa sobre a qual você *não* tenha mentido? – sua voz era agora apenas um sussurro.

– Sim...

– E que coisa seria essa?

– Senti mesmo sua falta...

Ele ergueu a sobrancelha, mas manteve o resto do rosto apático. Inexpressivo até. Começou a fechar a calça, os olhos encerrados nos meus.

Eu esperava que dissesse alguma coisa, *qualquer coisa*, mas ele não disse nada.

Alisou a camisa com as mãos e caminhou até a porta. De repente, parou e olhou por cima do ombro. Então, aproximou-se uma vez mais e beijou-me ligeiramente os lábios, esfregando, em seguida, o polegar na minha bochecha.

Eu queria falar, perguntar no que estava pensando, mas ele se afastou e saiu.

E então partiu.

Recesso (s. m.):

Suspensão temporária ou cessação do trabalho ou atividade habitual.

Andrew

Eu já havia quebrado várias regras em minha vida, mas dormir com uma estagiária provavelmente foi uma das mais graves. Não havia nenhum precedente para tal coisa e isso me aterrorizava.

Assim que deixei o apartamento de Aubrey, fiz o que normalmente fazia depois de foder alguém que tivesse conhecido on-line: fui para casa, tomei banho, preparei meu uísque favorito e peguei meu laptop, preparando-me para procurar a próxima.

Dessa vez, porém, eu não queria procurar uma próxima, queria foder Aubrey de novo e de novo; queria ouvi-la gritar um pouco mais alto, sentir seu corpo envolvido no meu e assistir à sua expressão enquanto eu enterrava meu pau mais e mais fundo dentro dela.

Caralho...

Não podia acreditar naquela porra toda. Poderia contar nos dedos de uma mão o número de mulheres em que pensara depois de deixar o hotel, e não porque qualquer uma delas não tivesse sido *boa* em algum sentido. De fato, todas foram boas, mas simplesmente "boas", jamais incríveis como Aubrey.

Uma parte de mim se sentia mal por deixar Aubrey logo depois de terminarmos, por não ter dito nenhuma palavra, mas *tive* de sair.

Não discuto a relação após o sexo. Jamais.

Embora estivesse mais do que tentado a dirigir de volta para lá neste exato momento e reivindicar seu corpo outra vez, tive de me forçar a aceitar a dura realidade: eu jamais dormiria com ela novamente. Isso era contra as minhas regras.

⬥◆⬥

– Onde está meu café, Jessica? – eu disse pelo telefone – Por que a senhorita Everhart ainda não o trouxe? Ela está atrasada hoje?

– Não, senhor – Ela parecia confusa. – Ainda são sete e meia...

Olhei para o relógio na parede e suspirei antes de desligar. Por algum motivo, eu estava no limite e não gostava nem um pouco daquilo.

Não conseguira pregar os olhos na noite anterior e ignorara deliberadamente a mensagem de texto que Aubrey enviara à meia-noite, dizendo:

> – Não consigo dormir... Podemos conversar sobre o que aconteceu?

A resposta, obviamente, seria não.

Nossas conversas haviam terminado, não tínhamos mais nada a discutir.

Conversamos. Trepamos. Fim.

Abri o site Date-Match, determinado a tirá-la da mente. Tudo o que precisava fazer era encontrar outra pessoa, e ela então se tornaria apenas uma gota no oceano de outras mulheres, uma memória fugaz que surgiria no meio da névoa cinza da minha mente sempre que eu visse seu belo rosto.

Havia centenas de novas mulheres no site agora, mas poucas chamaram minha atenção. Aquelas que o fizeram pareciam boas demais para ser verdade, então nem me dei ao trabalho de verificar seus perfis completos.

Quando estava lendo sobre uma professora de Matemática, uma xícara de café foi colocada em minha mesa.

– Bom dia – Aubrey sussurrou.

Não respondi. Continuei percorrendo perfis on-line; depois de algum tempo ela entenderia.

Mas ela apenas suspirou.

– Andrew...

– É *senhor Hamilton* – corrigi.

Olhei para cima, me arrependendo imediatamente daquele ato quase involuntário. Hoje ela estava ainda mais estonteante que ontem: usava o mesmo vestido cinza que usara na entrevista, agora mais apertado do que naquele dia, os cabelos caíam-lhe sobre os ombros em mechas macias e os olhos azuis brilhavam cheios de esperança.

– Posso falar com *o senhor* um minuto? – perguntou.

– É sobre o seu trabalho?

– Não...

– É sobre o *meu* trabalho?

– Não...

– Então, a resposta é "não". Saia.

– É sobre ontem. – Ela ficou parada e meu pau endureceu quando ela mordeu o lábio.

– Ontem foi um erro, um momento lamentável em nossas carreiras e garanto que não acontecerá de novo.

– Não era isso o que eu ia dizer.

– Senhorita Everhart... – comecei, levantando-me e caminhando até ela – Nós trabalhamos juntos, profissionalmente. Se eu soubesse a verdade por trás de todas as suas mentiras ridículas antes, teria imediatamente parado de falar com você e a teria denunciado por apropriação de informação de terceiros para uso em benefício próprio. O fato de você ser uma mentirosa não mudou e, infelizmente, dadas essas circunstâncias e o fato de eu já tê-la fodido, não resta mais nada a ser dito entre nós.

Ela abriu a boca para dizer alguma coisa, mas pressionei o dedo contra seus lábios.

– Mais nada – sussurrei, aproximando o rosto do dela – Entendeu?

– Você é... – Seu lábio inferior tremeu quando ela se afastou de mim. – Você é um *imbecil*! Não consigo acreditar que transei com você!

– Acredite. Tenho certeza que essa será uma lembrança muito boa para você, já que quase nunca faz sexo.

Ela balançou a cabeça.

– Você estava fingindo no telefone também? Não se parece em nada com o homem com quem conversei naquela noite, nada...

– Por favor, poupe-me dessa bosta de apelo emocional, senhorita Everhart. Quero minha próxima xícara de café ao meio-dia. Obrigado.

– Vai ficar esperando. – Ela revirou os olhos. – Vou trazê-la quando sentir vontade de trazê-la.

– A senhorita vai me obrigar a demiti-la por causa de uma xícara de café?

– Honestamente, o senhor talvez não queira que eu faça o seu café, *senhor Hamilton*. – Ela estreitou os olhos em minha direção. – Não tem como saber o que vou colocar nele.

– Atreva-se, caralho... – Aproximei-me.

– Isso é uma ameaça? – Ela deu de ombros.

– É uma porra de *promessa*. – Empurrei-a contra a parede e pressionei os lábios contra os dela, levantando suas pernas em volta da minha cintura.

Meu pau estava duro desde que ela colocara o café sobre a mesa, e agora a maldita esfregava a mão nele através das minhas calças, murmurando e gemendo.

Puxei um preservativo do bolso e coloquei-o na mão dela, enquanto devorava sua boca, mordendo aqueles lábios macios, provocando aquela língua rodopiante com a minha. Se pudesse, foderia aquela boca o dia todo.

Enquanto ela abria o zíper das minhas calças, escorreguei a mão por baixo de seu vestido e empurrei a calcinha para o lado, gemendo quando senti o quanto ela estava molhada.

– *Andrew*... – Ela estava demorando muito com o preservativo; então, arranquei-o de sua mão e coloquei-o eu mesmo, deslizando imediatamente meu pau para dentro da sua boceta, mordendo os lábios dela para que não gritasse.

Peguei suas mãos e coloquei-as em volta do meu pescoço.

– *Sempre molhadinha*... – eu disse, e senti quando tentou tirar a perna da minha cintura, mas impedi, mantendo-a parada – Diga meu nome de novo...

– Sim... – ela engasgou, enquanto eu enfiava mais e mais e mais fundo – Sim...

– *Diga*... – Apertei sua bunda.

Seus murmúrios estavam ficando cada vez mais altos.

– Meu nome, Aubrey... – Beijei sua boca. – Diga meu nome...

Sua vagina apertava meu pau mais e mais forte e suas unhas arranhavam meu pescoço.

– Eu... eu estou quase...

Imediatamente, parei as estocadas e sussurrei rudemente em seu ouvido:

– Diga a porra do meu nome, Aubrey...

Ela cravou as unhas em minha pele.

– *Andrew*...

Ao som do meu nome em seus lábios, deslizei novamente meu pau em sua boceta e ela gozou perfeitamente. Senti meu próprio gozo vir segundos mais tarde, e podia senti-la enterrar a cabeça em meu peito para abafar os gemidos, mas inclinei sua cabeça para cima.

– Pare...

Ofegante, ela me encarou nos olhos.

– Parar o quê?

– De esconder sua voz de mim... – Beijei-lhe os lábios novamente, sem fazer nenhum movimento para deslizar para fora dela, e ficamos ali, entrelaçados um ao outro, pelo que pareceu uma eternidade.

Por mais que eu quisesse mandá-la cair fora da minha sala, não consegui. Em vez disso, beijei a sua testa e sai lentamente de seu corpo, arrumando, em seguida, seu vestido.

Depois de jogar fora o preservativo, peguei um de seus sapatos que havia caído e o entreguei a ela.

Ela estava completamente despenteada; então, coloquei seus cabelos de volta no lugar e, como se retribuísse o favor, ela fechou o zíper das minhas calças e ajeitou a gola da minha camisa.

Então, permanecemos olhando um para o outro. Eu não fazia ideia do que diabos acabara de acontecer, e apenas uma parte de mim gostara daquilo – a outra metade tinha adorado.

– Você precisa voltar ao trabalho. – Puxei o pingente de sapatilha de balé pendurado em seu pescoço. – Você ainda me deve aquele relatório sobre Brownstein, rebaixada ou não.

– Você me disse que não era um rebaixamento.

– Plagiei sua cartilha e menti. – retruquei, afastando-me – Volte ao trabalho.

– Certo, *senhor Hamilton* – ela sorriu e se dirigiu para a porta.

– E, quando voltar, deixe meu café da tarde lá fora e saia – acrescentei – Não chegue nem perto da minha mesa e não me dirija nenhuma palavra.

– Por que não?

– Porque vou foder sua boceta novamente se fizer isso.

Ela corou e saiu da sala.

Assim que ela saiu, larguei o corpo na cadeira e balancei a cabeça.

Duas vezes em menos de 24 horas? Jesus...

Peguei os arquivos do meu caso mais recente, mas não conseguia me concentrar. Tudo em que conseguia pensar era em Aubrey.

Eu já sentira algo assim antes e sabia que aquilo não levaria a nada além de infortúnio. O que eu sentia ainda não era profundo nem abrangente – *ainda*. Mas era real, e não havia nada que eu pudesse fazer para deter aquele sentimento.

Eu passara os últimos seis anos da minha vida afastando-me de qualquer possibilidade de criar algum sentimento por alguém, recusando-me a construir qualquer vínculo, mesmo de amizade. Aubrey, porém, de alguma forma, conseguira atravessar sorrateiramente minhas barreiras impenetráveis. E ela não tinha apenas se esgueirado em minha fortaleza, tinha-o feito com artifícios e mentiras, algo que eu jamais permitiria de alguém. Algo que me faria descartá-la imediatamente e jamais pensar nela de novo.

Eu não tinha absolutamente nenhuma ideia de como lidar com isso. Aquele era um território desconhecido e eu não tinha ideia da direção para onde navegar.

Suspirando, peguei o arquivo e me forcei a ler as primeiras páginas, a fim de ter algum controle sobre mim mesmo; sem perceber, mergulhei no meu trabalho, e a única coisa em minha mente era como iria convencer um júri a acreditar na besteira do meu último cliente.

Antes que pudesse ligar para o promotor encarregado e perguntar o que ele ofereceria em troca de um acordo, senti algo quente espirrar em meu colo.

A porra do meu café.

– Mas que porra você pensa que está fazendo? – Larguei os papéis sobre a mesa, olhando para uma Aubrey com o rosto vermelho. – Você acabou de jogar isso em mim *de propósito*?

– Sim – ela concordou, e então percebi que havia lágrimas em seus olhos – Trazer seu café é o meu trabalho, não é mesmo?

– Você é bipolar, porra?

– Não, sou só uma *mentirosa*, como você disse. Na verdade, sou exatamente como você, mas, pelo menos, admito que não disse a verdade; pelo menos tenho um *motivo*.

– *Como é que é?* Lágrimas escorriam por seu rosto agora. – Você tem uma visita na recepção.

– É sua substituta? – perguntei secamente – Porque, juro por Deus, se essas manchas não saírem das minhas calças...

– É sua *esposa*.

FIM DO VOLUME UM

Agradecimentos

Em primeiríssimo lugar, quero agradecer a Tamisha Draper, por ser essa fonte de energia incrível e extraordinária que é. Você atende meus telefonemas intermináveis (para desgosto de seu marido, hahaha!), lê meus livros várias vezes e até mesmo me força a sentar e escrever cenas de sexo quando digo coisas do tipo: "Será que meus leitores vão mesmo me odiar muito se eu simplesmente suavizar todas essas cenas de sexo? Não, é sério, será que vão? Eles vão continuar me amando, não é?".

Não sei de ninguém que se disporia a trabalhar incansavelmente, a gastar mais de cinquenta horas por semana trabalhando em uma carreira que nem sequer é a sua e em troca de quase nada...

Na verdade, estou chorando enquanto escrevo isto, porque, sinceramente, não mereço ter uma amiga tão especial como você. Você vai além com cada livro que escrevo e me força a me certificar de que cada um seja dez vezes melhor do que o último. (Se algum dia eu puder, juro que vou encontrar a melhor maneira de retribuir. E isso é uma promessa, porra!)

Obrigada a todos os amigos blogueiros que fiz até agora, Bobbie Jo Malone Kirby (Por que você escolhe livros tão MELOSOS?! haha), Kimberly Kimball, Stephanie Locke, Lisa Pantano Kane, Michelle Kannan e INÚMEROS outros! (Se deixei alguém de fora, sinto muito, muito, muito! E, ei, publiquei isto aqui por conta própria; então, posso facilmente republicar incluindo seu nome aqui haha... É sério, posso mesmo...)

Obrigada a Evelyn Guy pelo trabalho de revisão final... Percebi que você não escreveu muitos comentários nas cenas de sexo... hahaha

Obrigada à minha mãe, Lafrancine Maria, por me deixar ler este livro para ela em voz alta. Mal posso esperar para ver a sua cara quando eu ler o segundo volume!!!

E, por último, mas JAMAIS menos importante, obrigada aos melhores leitores do mundo! Amo muito todos vocês, mais do que jamais poderão saber! (Ou, como sabem que prefiro dizer, Amo.Vocês. Pra. Caralho. Porra!). Então, uma perguntinha: vocês gostam do Andrew? Acham que ele dá de dez a zero no dinheiro do Jonathan Statham[1]? hahaha

Amo vocês pra caralho,

Whit

---

1 Protagonista de outra série da autora, denominada *Mid-life Love*.

Carta ao leitor

Querido incrível leitor,

Muito obrigada por reservar um tempo de sua vida para ler este livro! Espero que tenha se divertido bastante e gostado tanto de ler quanto eu gostei de escrevê-lo.

Se tiver um tempinho, por favor, deixe um comentário nos sites da Amazon (amazon.com), da Barnes & Noble (B&N.com), do Good Reads (goodreads.com) ou me envie um e-mail (whitgracia@gmail.com) para que eu possa agradecê-lo pessoalmente. :-)

Sou eternamente grata a você, por seu tempo, e espero ser convidada novamente para sua estante com o meu próximo lançamento.

Com amor,

Whitney Gracia Williams